文學研究叢書‧文學理論叢刊

接受美學視域下之創作實踐研究

許淑惠　著

目次

第一章
緒論

第一節　書寫動機及研究目的

　　西方接受美學萌發於二十世紀六〇年代末、七〇年代初期，係聯邦德國逐漸開展之文學思潮，對傳統文學脈絡及研究提出諸多質疑。此派發端於德國康斯坦茨大學（University of Konstanz），將文學批評視野聚焦於傳統研究及論述者所忽視之處，也積極強調讀者之重要性；並就產生與接受之歷程中，突顯主角不只是作家與文本，其中讀者能以各類方式參與才是流傳的關鍵。本書係立足於筆者撰寫碩士論文《秦觀詞接受史》及博士論文《歷代宋詞集序跋研究》之基礎，進一步拓展其面向。王師偉勇對於詞人接受史研究資料多所關注，嘗言：詞人「接受史」之研究而言，欲具體掌握其研究材料，宜自十大面向著手：

> 一曰他人和韻之作，二曰他人仿擬之作，三曰詩話，四曰筆記，五曰詞籍（集）序跋，六曰詞話，七曰論詞長短句，八曰論詞絕句，九曰評點資料，十曰詞選。[1]

筆者持續以「接受」理論視域為發揮主軸，重視多元讀者所秉持之審美視角，強調其存在感。中國文學本具此觀念，可惜學者對此多習焉

---

[1] 王偉勇：〈清代論詞絕句之整理、研究及價值〉，收錄於《清代論詞絕句初編》（臺北市：里仁書局，2010年），頁1。

不察,誠如〔清〕譚獻《復堂詞話》云:「作者之用心未必然,而讀者之用心何必不然」。[2]正因生命遭遇,感慨縈懷,訴諸筆墨聊以排遣愁緒,因此歷代良篇佳構如縷;而讀者所秉持之「期待視野」則在因應社會環境、經驗遭遇有所落差,接受方式隨之迥異:如普通讀者之閱讀鑑賞、評論學者之批騭判析、歷代作者之借鑑仿效等方式。就此審視文本及作者,不正如「一部管弦樂譜,在其演奏中不斷獲得讀者新的反響。」[3]於歷代讀者視野中開展新的璀璨,足見接受美學與文本、作者中心論者大相逕庭。對此,葉嘉瑩更強調文本所具有之多元詮釋空間,嘗言:

> 如果按照西方接受美學中作者與讀者之關係而言,則作者之功能乃在於賦予作品之文本以一種足資讀者去發掘的潛能,而讀者的功能則正在使這種潛能得到發揮的實踐。然而讀者的資質及背景不同,因此其對作品之潛能的發揮的能力也有所不同。[4]

幾經歷代讀者閱讀過程,將文本加以具體化、深刻化,更受漫長且複雜之時空環境,經社會文化雜揉而成為傳統或新變,確實深受歷代讀者接受程度影響。奠基於讀者多元闡釋,鑑賞與批評即是對文學作品之接受面向。強調應該重視讀者主觀解讀或另行創發,為接受美學理論之根本要義。本書以此脈絡列舉文學作家及作品,藉由多元探尋展現各文化及文類於流傳過程中被接受之情況。

2　(清)譚獻:《復堂詞話》,收錄於張璋等編纂:《歷代詞話》(鄭州市:大象出版社,2002年),下冊,頁1662。

3　(德)姚斯、(美)霍拉勃著、周寧等譯:《接受美學與接受理論》(瀋陽市:遼寧人民出版社,1987年),頁26。

4　葉嘉瑩:〈三種境界與接受美學〉,《中國詞學的現代觀》(臺北市:大安出版社,1999年),頁125。

第二節　研究基礎及研究方法

　　西方接受美學理論，自成體系，核心人物以姚斯和伊塞爾為主，又稱康斯坦茨學派。此派不再依循以作者及作品為探討中心，而是提出應立足於讀者視角之美學概念，遂使文學研究產生根本變化，亦為諸多領域研究者開拓了多元思維。透過西方接受理論啟示，以讀者接受視角加以察考，研究者漸漸覺知，傳統文學史將作家、作品，隨個人主觀意識，任意節錄及分析，猶如以管窺豹，僅見梗概，或失之偏頗，均不是完善的研究方式。接受理論非著重作品之形式美感探求，亦非強調文學理論批評，乃將傳統文學史觀以文本為主之研究，轉而連繫讀者與作品，側重讀者對作品之接受方式，以及閱讀後所形成之各類影響，為文學研究拓墾新方向、新思維。姚斯《接受美學與接受理論》云：

> 在這個作者、作品和大眾的三角形之中，大眾並不是被動的部分，並不僅僅作為一種反應；相反，他自身就是歷史的一個能動的構成。一部文學作品的歷史生命如果沒有接受者的積極參與是不可思議的。因為只有通過讀者的傳遞過程，作品才能進入一種連續性變化的經驗視野。[5]

陳文忠〈二十年文學接受史研究回顧與思考〉一文，深有見地云：

> 接受史實質是作家作品與歷代接受者的多元審美對話史，是本文的召喚結構在期待視野不同的歷代接受者審美經驗中具體化的

5　同注3，頁26。

　　歷史，也是古典作家的創作聲譽史和經典作品的藝術生命史。[6]

　　西方接受美學核心側重作品與讀者交會處，聚焦於經由閱讀吸收、評騭鑑賞，另行創發等模式，彰顯接受者存在意義。文學深廣度是由讀者發掘而出的。由此觀之，文學史應是接受史，而非作家、作品編年史。作家、作品與歷代讀者三角關係間，應屬動態變化，接受美學理論強調以現象學美學和解釋學美學為根本基礎，並吸收布拉格結構主義理論家穆卡洛夫斯基所主張之「空白」理論，認為唯有通過讀者理解和詮釋，才具有意義。一部文學作品可能不被立即感知，必須透過接受美學視域，方可重新建構傳統文學史較為缺乏之歷史發展方向，同時更可開拓文學研究深度，賦予作者、作品動態性發展。

　　艾布拉姆斯言：「每一件藝術品總要涉及四個要點，幾乎所有力求周密的理論總會在大體上對這四個要素加以區辨，使人一目了然。第一個要素是作品，即藝術產品本身。由於作品是人為的產品，所以第二個共同要素便是生產者，即藝術家。第三，一般認為作品總得有一個直接或間接導源於現實事物的主題——總會涉及、表現、反映某種客觀狀態或者與此有關的東西。這第三個要素便可以認為是由人物和行動、思想和情感、物質和事件或者超越感覺的本質所構成，常常用『自然』這個通用詞來表示，我們卻不妨用一個含義更廣的中性詞——世界。最後一個要素是欣賞者，即聽眾、觀眾、讀者。作品為他們而寫，或至少會引起他們的關注。」[7]西方理論體系較為嚴密，接受美學特別側重讀者視野，就歷代文學作品觀之，可知讀者透過評論、編選等方式，以及不斷模仿、借鑑，或以各類手法襲用，重新賦

6　陳文忠：〈二十年文學接受史研究回顧與思考〉，收錄於《安徽師範大學學報（人文社會科學版）》第31卷，2003年9月，頁542。

7　（美）艾布拉姆斯：《鏡與燈》（北京市：北京大學出版社，2004年），頁5。

予作品嶄新生命。姚斯強調，一部文學作品，給予讀者諸多期待視野，創造出該作品之審美價值。「期待視野」又可區分為「文學」及「生活」兩大層面：一、讀者能夠在較為狹義之文學期待視野中感知一部新作品之生命力，重視由文學作品起源、社會功能及其歷史影響等面向，對文藝作品細膩考察；二、讀者也能在更為廣闊之生活期待視野中明瞭美學，此即涵蓋了讀者之生活經驗、社會地位、人格特質、及其道德觀等。[8]姚斯所主張屬於宏觀接受美學，為開拓文學接受史研究，引領嶄新方向；伊塞爾強調「召喚結構」、「空白」、「隱在讀者」等觀點，透過微觀接受美學，對文學理論重新審視，強調文學閱讀須由讀者與文本合併觀之，足見接受美學理論首重於確立讀者存在。鄧新華《中國古代接受詩學》亦言：

> 中國古代雖然沒有「接受美學」這個概念，也沒有「接受美學」這個獨立的理論學派，但在中國古代汗牛充棟的詩詞書畫理論注疏和小說戲曲序跋評點中，卻保留著極為豐富的「讀者反應材料」，蘊含有極有價值的文學接受思想，並由此構築起我們自己的接受詩學體系。[9]

西方文學接受理論賦予傳統文學研究一份多元思考，中、西方文學各自蔚然成林，金元浦《接受反應文論》一書指出：

> 中國古代文學批評史中有著極豐富的鑑賞、體味、妙悟、興會的批評遺產，這些批評遺產對讀者及其接受的深切關注與西方當代讀者中心論範式有著某種內在的精神關聯與形式上的近切

8　同注3，頁31。

9　鄧新華：《中國古代接受詩學》（武漢市：武漢出版社，2000年），頁4。

之處，互相啟發，引譬連類……從而大大推動了接受理論的深入。[10]

但接受理論仍有其侷限處，因早期過於偏向標舉「讀者中心論」，而忽略文本與讀者間所具有之交互影響，亦忽略作者所秉持之創作心理因素，因而必須透過相互融合之過程，將中國古典文學資料所蘊含之理論批評、審美體驗，與西方接受理論合併分析討論，以展現接受史研究之特殊面向。

二十世紀堪稱為批評躍進之世代，綜觀西方文學思潮經歷幾番更迭遞變，將初期以作者創作及文本解讀為研究主軸之方式進行多重省思，直至六〇年代末期，研究者方正式提出文本內涵、風格，必須經由讀者加以感知體驗，逐步強化讀者地位及影響力。近年來，接受史研究發展，面向日趨多元，範圍廣羅古今，亦可帶給來多元思維。本書撰寫目的將藉此重新考察接受視域中的傳統文本受社會文化風俗影響後所形成之意義，再由讀者吸收與新變，藉此逐一梳理《左傳》、東晉陶淵明創作、宋人節令詞中的占卜民俗、歷代和韻詞創作者對黃庭堅詞之接受，並就清代藏書家曹元忠所撰詞集題跋及清詞編選者佟世南《東白堂詞選初集》，窺見各類讀者之接受方式，就當代及後世闡釋者所著重突顯之特有意義，探知文學風氣遞變、作者思維及審美角度。援引西方接受美學理論，重視讀者之閱覽鑑賞、審美觀點及文學創作，當傳統文學史研究面臨困境，藉由西方文學理論觀照，可開拓學術範疇及思維，提供更多元之研究空間。

---

10 金元浦：《接受反應文論》（濟南市：山東教育出版社，1998年），頁393。

第三節　相關議題延續與開拓

　　筆者深受西方接受美學理論啟發，關注傳統文學史觀所忽視之讀者視野，碩士論文乃聚焦於「作品傳播流衍」、「理論批評接受」、「創作仿效追和」等三大面向。西方理論嚴密翔實，中國詞學資料豐富多元，乃有意兼容中西方文學特質撰文，該論文之完稿亦屬臺灣詞學界以接受史撰寫學位論文之前行者。撰寫博士論文時，囿於當時眼界，理論部分著墨較為薄弱，幾經檢討認為應積極落實於「推溯詞體起源及脈絡」、「商榷詞體特質及地位」、「闡述詞體流變及承傳」、「探究詞體風格及境界」、「辨析音律特質及聲情」、「標舉詞作範式及詞家」、「探討詞篇審美及接受」等七大面向進行探析，以拓展眼界。

　　實際任教技專院校後，秉持化育業界專才之使命，學子必須兼顧知識、技能兩大挑戰，不免感到分身乏術。國文雖為必修學科，但較之專業課程，常有「學而無用」之感，甚至因教學方式而顯得枯燥乏味。教師單向講述，聚焦解釋文句，以紙筆選擇題測驗評分，要求學子背誦註釋，答案非黑即白，教與學間無法互動、共鳴，更無心觀照作者心境轉折之超越，相顧無言，諸多教師對此亦心生無奈。自然興趣逐漸喪失，文學再難以扣啟心扉。審視傳統專科國文教學方式，以詞選為例，受限於授課時數與方式，無法延伸閱讀，更無法了解詞體特質。詞體入樂可歌，依詞牌填作，其長短句式、格律要求、用韻規範嚴明，強調聲情，更承載諸多社會文化習尚，記錄先民生活樣貌，堪稱宋代流行歌曲。五專學子對宋詞篇章並不陌生，國中階段所選為李清照〈武陵春〉、辛棄疾〈醜奴兒〉，已先奠下基礎，但專科另選李煜〈相見歡〉、李清照〈一剪梅〉、辛棄疾〈破陣子〉，可窺知所擇選對象太過集中，甚至因重複而備顯狹隘，無法全面觀照起源於唐代，經南唐五代，盛於兩宋之情況，藉此亦可知現今國文科教學現場確實

有所侷限,誠有待文學研究與教學相互兼容。本書集結筆者於任教與研究過程中,所涉及之課題,以接受史視域重新關注文學作品,而宋代詞學尤其是筆者碩博士論文撰寫之主軸。近來之研究則由研究實際應用至教學場域,立足於擔任五專國文教師多年,眼見教學現場所遭遇之瓶頸,實有必要新創。亦即舊瓶裝新酒後,融入當代社會氛圍,積極引入源頭泉水,目的在於反思如何提升教學品質,並以文學為主軸進行跨領域融合。

以本書第二章〈論《左傳》中的「禨祥」及對傳統象徵意義之接受〉為例,有鑑於《左傳》好奇尚異,多記怪誕詭奇之事;且以歷史方式解釋《春秋》經文,與《公羊》、《穀梁》不同,它是研究上古文化之信史。春秋時期因原始宗教與人文精神複雜交錯,難以依照常理解釋的神奇鬼怪與層出不窮的異象,經由《左傳》作者主觀選擇後加以詮釋,並明白呈現個人判斷情況,因此《左傳》所載記之內容不僅可窺見春秋時代的歷史,也是《左傳》作者的價值觀與歷史觀的真實敘寫。可見作者對上古典籍與文化之接受態度,係先立足於《左傳》接受孔子所撰《春秋》之另行闡發後,日後可進一步觀照《左傳》對宋詞人之影響。

第三章以詠物研究論之,先關注陶淵明詩歌中敘寫物之形體姿態、精神氣度,確實是魏晉人所關注之焦點,且深受玄學影響,將己身思緒以動物意象傳達,不僅筆法幽微,更可窺見對萬物之情懷。筆者認為研究應結合教學,可就圖文繪寫觸動學子思辨古今文學中動物意象詮解之特色;其次,促使自主跨域搜尋網路及圖書相關資料,延伸跨域思維,了解以動物命名之效應、定律,如「螃蟹定律」、「雁行理論」、「烏鴉定律」、「野鴨效應」、「刺蝟法則」等;再者,以數位軟體moodle、zuvio及HTML5文字雲,輔助學子延伸學習範圍,主動求知與思辨,並與團隊合作及同儕互評,讓學子知悉當代社會趨勢,亦

可用於審視人際關係，俾便思索面對職場順逆時的自處之道。

　　唐詩締造一代輝煌後，宋人在此巔峰下有意新變、跳脫窠臼，且深受當時崇文風氣薰染，科舉與政令推波助瀾，圖書出版與雕版印刷之盛行，達至前所未見之高度，為當代創造了極佳的讀書氛圍，歐陽脩認為：「至哉天下樂，終日在書案」、黃庭堅亦云：「士大夫三日不讀書，則禮義不交於胸中」，足見閱讀實乃兩宋時人日常所不可或缺之雅事，甚至主張書猶藥，善讀可以醫愚。（宋）嚴羽《滄浪詩話》云：「以文字為詩，以議論為詩，以才學為詩。」[11]宋人廣博學術涵養，汲取創作養分，多見博觀泛覽圖書之跡，創作文章胸中重視以萬卷書為之根柢，方可雄渾見筋骨，深醇有意味，尤以宋詩最具此特性，張高評《印刷傳媒與宋詩特色》一書，將此定義為「讀書詩」，並解說云：

　　　　所謂讀書詩，指文士閱讀經、史、子、集書籍，或泛覽通說讀
　　　　書情境，或專題指陳人格風格，而以詩篇表述之者。[12]

宋代廣設官學，私塾與童蒙學館更是普及，日常所研讀之典籍兼及經、史、子、集各部，不僅秉持文韜安社稷，讀書與百業，閱讀後所思所感，皆充分呈顯於詩歌創作中。宋詞向來予人婉媚纖柔之感，甚至被視為難登大雅之堂，但筆者以宋人日常生活要事思考宋詞特色，前人所論多著重詞體風格、詞學脈絡演進，鮮少針對宋人所作讀書詞進行探討。筆者曾撰寫〈兩宋讀《世說新語》詞研究〉，該文乃是構築於碩士論文研究接受史之影響下，受西方接受美學理論啟發，而注

11　（宋）嚴羽著、郭紹虞校釋：《滄浪詩話校釋》（北京市：人民文學出版社，1983年），頁26。

12　張高評：《印刷傳媒與宋詩特色》（臺北市：里仁書局，2008年），頁389。

意到傳統文學史之撰寫方式，多半側重於作者及作品本身，忽略了讀者觀點；經典形成並非一朝一夕，而是歷經漫長且複雜之時空環境影響之下，由不同讀者之閱覽、詮釋、吸收再創作等接受方式，進而突顯其特質而形成。筆者提出欲具體掌握《世說新語》接受史之研究資料，可自數種面向著手：一為箋釋之作，二為評點資料，三為仿《世說》體（含續書及仿作者），四為評論資料（包含以詩、文、詞等各類文體，評論《世說》之作），五為化用《世說》典故之作，尤以評論與化用典故，最為普遍。藉由宋代社會環境、學術思潮，探討《世說》何以備受宋代讀者青睞，並就詞體化用《世說》及另出新意之處，探討宋人對《世說》之接受態度。就宋詞論之，以長短句式，化用《世說》典故者，最為常見，更多見援引入詞，翻新出奇，使應酬文字更為生動有趣者。宋人強調詞意高勝，要從學問中來，不僅宋人讀書詩、讀詩書標舉博觀厚積，藉由學古、變古，進而自成一家，宋詞化用、評論《世說》之處，亦可窺見此一面向。宋詞之接受甚為多元立足於此，此外詞調之承繼與化用亦屬接受範疇而或可藉此他山之石觸發宋詞對其他經典之接受，如宋詞中所援引之史部類書籍多乏人問津，確實有待拓墾。而宋人生活日常亦有諸多排遣無聊及安頓心緒所進行之活動，第四章所關注之民俗節令，都是經由流傳或記載於典籍中，而後逐漸被吸收而化用於宋詞中，此現象甚少受到研究者關注，甚是可惜！筆者先查考其特質，期待日後持續拓墾。

　　（清）焦循《易餘籥錄》云：「夫一代有一代之所勝，捨其所勝以就其不勝，皆寄人籬下者耳。余嘗欲自楚騷以下至明八股，撰為一集，漢則專取其賦，魏晉六朝至隋則專錄其五言詩，唐則專錄其律詩，宋專錄其詞，元專錄其曲，明專錄其八股，一代還其一代之所

勝。」[13]兩宋文風蔚為鼎盛，理學為當代主流，詩歌興發哲理，散文蘊含人生觀照；思想方面則以通經致用、標榜義理為要；應用科技方面，科學、天文、醫藥突飛猛進，碩果纍纍。且當代知識分子憂國憂民、關懷時政，文章內容透闢、氣勢充沛，以古鑑今，意味深遠，藉由諸多政論文章，可充分體現兩宋文人心緒。關心家國大事之餘，應酬娛樂與排憂遣懷亦為要事，並間接促進詞體為兩宋之盛，不但隨順燕樂風行而具有時代特徵，更與當代社會風俗關係至密，吳熊和《唐宋詞通論》言：

> 人們的社交方式、以歌舞侑酒的歌妓制度……詞的社交功能與娛樂功能，在相當長的時間內，是同它的抒情功能相伴而行的。不妨說，詞是在綜合上述複雜因素在內的歷史背景下產生的一種文學──文化現象。我們應該拓展視野，加強這方面的研究。[14]

詞體發展本就與社會習尚關係至密，宋代隨順城市經濟發達帶動商業貿易盛行，瓦子、勾欄及歌館樓臺舉目林立，中產階級對於娛樂需求激增，市民經濟壯大，商業互動熱絡，促使經濟達至高度繁榮，消費熱絡且模式多元；夜間禁令解除，更促進娛樂產業盛行，成為重要文化娛樂場所，為表演者提供舞臺；雜耍技藝、說唱曲藝等活動，達至前所未見之盛況。沈括《夢溪筆談》云：「天下無事，許臣僚擇勝宴飲。當時侍從文館士大夫為燕集，以至市樓酒肆，皆供帳為游息之

---

13 （清）焦循：《易餘籥錄》，收錄於徐德明、吳平主編：《清代學術筆記叢刊》（北京市：學苑出版社，2005年），冊37，卷15，頁88。
14 吳熊和：《唐宋詞通論》（杭州市：浙江古籍出版社，1989年），頁58。

地。」[15]文人宴飲唱酬,為日常生活不可或缺之要,亦為文學創作提供場所及素材,但詞調傳播與文人生活層面則較未見切中讀者視角之觀照,故筆者持續開拓撰寫多篇關注詞調發展及詞篇之文,曾發表〈析論東坡詞之承繼與創新以江城子為例〉及〈菩薩蠻詞調探析〉,探討詞體體製(包含句式、平仄、用韻、句數)、內容(包含詞情、風格),藉此考索詞調之發展軌跡與新變。析論〈江城子〉詞,可具體掌握蘇軾對該調體製定型,大量填作,並有意拓展題材,跳脫男女情思、女子樣態、傷春離別之窠臼,贈妓、遊覽、贈別、悼亡、狩獵、留別、懷古、懷友、離別,無一不可入詞,乃有意突破晚唐五代以來言情不外傷春怨別,寫景不出閨閣庭院之侷限,而達到無意不可入,無事不可言之境,對於詞體題材風格,確實具有開拓革新之功。蘇軾擇用〈江城子〉此一詞牌後則另闢蹊徑,開啟多元撰寫題材。詞調為詞體創作之重要依準,具有自身特質及演變過程,自唐五代以迄明清朝均有詞調新創及消失,各調自產生後因受個別詞家青睞程度不同,且歷代讀者以追和經典之創作實踐展現愛好,而使個別詞調流傳久遠,如〈菩薩蠻〉、〈江城子〉,並於時代中展現承繼與開拓,可見接受之一斑。筆者歷年之研究自有脈絡,立足於持續關注詞調議題之思考上,第五章以此為基礎考察歷代和韻黃庭堅詞情況,確實著重於某些詞調與題材,除形式上和作,內容與原作間,亦有相關性依存,詞體和韻可大致歸納為三大類:一為形式方面,依循原作韻部;二為內容方面,承繼原作詞意;三為風格方面,近似原作詞風。歷代追和黃庭堅詞數量甚繁,然大抵未脫離上述三大面向,本文持續予以關注,並留心地域、詞派、文學理念及詞人群體觀是否產生影響,依此具體掌握黃庭堅詞受歷代詞人關注之情況,及對個別筆法或題材之好

---

15 (宋)沈括:《夢溪筆談》(北京市:中華書局,1985年),卷9,頁65。

尚，言而有據地了解歷代詞人對黃庭堅詞作之接受態度。

　　第六章〈清人曹元忠所撰宋詞集題跋析論〉，係有鑑於清末國事
蜩螗，災亂紛起，藏書風氣卻仍方興未艾，版本目錄學發展更臻於極
致，考據、賞鑑、校讎一時稱盛。曹元忠為校勘專家，與朱祖謀、葉
昌熾等名家往來，致力於典籍編整、保留文化，而詞集校勘亦受其關
注，曹氏題跋篇幅甚廣，除細膩交代版本源流、校勘異同外，更多見
評騭之語，自屬另類接受。

　　第七章〈論佟世南《東白堂詞選初集》之編纂要義及校補貢
獻——以卷一為例〉，佟氏為滿族詞人，於康熙十七年編定《東白堂
詞選初集》十五卷，選錄明末清初詞家三七四人，詞作一六八九首，
堪稱是《倚聲初集》問世後，蔣景祁《瑤華集》付梓前之最大型詞
選。清代詞壇理論架構、流派觀點鮮明，陽羨、浙西、常州等派，影
響卓著，積極編輯詞選以宣揚詞學主張，編選者編纂目的亦可見其好
惡，確實均可視為讀者接受之一環。

　　筆者立足於撰寫碩、博士論文之基礎上，就接受史之相關議題再
持續投入心神，日後將持續充實自我，積極研究、拓墾。亦期於教學
場域延伸專業國學之應用，多元跨域開發創新教案，俾文學切合當今
社會所需，發揮其力量，還請方家不吝予以指教。

第二章
論《左傳》中的「禨祥」及對傳統象徵意義之接受

第一節　書寫動機及研究目的

　　《左傳》以《春秋》為事綱，廣採列國史料，辭義贍富，編年紀事，可謂研究春秋時期歷史之重要文獻，自成一家之言。梁啟超說：「其記事文對於極複雜之事項，一如五大戰役等，綱領提挈得極嚴謹而分明，情節敘述得委曲而簡潔，可謂極技術之事。」[1]《左傳》體製宏大，敘事詳贍，情節曲折，深具故事性和戲劇性，內容涉及周王室衰微，諸侯爭霸，更詳載各類禮儀規範、典章制度、社會風俗、民族關係、道德觀念、天文地理、曆法時令、古代文獻、神話傳說、歌謠言語，且《左傳》好奇尚異，多記怪誕詭奇之事，王充評之曰：「言多怪，頗與孔子不語怪力相違反。」[2]所載怪誕奇異之面向甚繁，張高評〈左傳預言之基型與作用〉一文區分其類云：

> 《左氏》敘事傳人，有所謂近怪力亂神之恢奇者，其類凡五：
> 曰夢寐、曰卜筮、曰形相、曰禨祥、曰歌謠，要皆吉凶未至而

1　梁啟超：〈要籍解讀及其讀法〉，見氏著：《飲冰室專書》（臺北市：臺灣中華書局，1978年），頁60。
2　楊寶忠：《論衡校箋》（石家莊市：河北教育出版社，1999年），頁902-903。

先見兆徵，推測揣摩，如響斯應，此先賢所謂「預言」。[3]

上述五類皆屬預言，《左傳》所載甚繁，多見分別以解析夢境、龜卜占筮、人體樣貌、奇異現象、民歌傳誦等方式預知未來，其形式對後世小說影響極深，歷來研究者眾，其中又以「禨祥」一類，所包含之面向最為多元。「禨祥」即變異之事，指吉凶之先兆，[4]漢人董仲舒《春秋繁露》云：「天地之物，有不常之變者，謂之異，小者謂之災，災常先至，而異乃隨之。」[5]清人朱鶴齡《讀左日鈔》云：「左氏禨祥之說多矣！」[6]《左傳》所載禨祥之事繁多，各有所著重，故本文擬就《左傳》禨祥之例先做歸納，再就其敘事手法、象徵意涵進行探討，藉此窺見其深切意蘊。

第二節 《左傳》禨祥之例舉隅

《左傳》所載災異之事繁多，如〈桓公十七年〉：「冬，十月朔，日有食之」[7]、〈莊公七年〉：「夏，恆星不見，夜明也。星隕如雨，與雨偕也」[8]、〈成公五年〉：「梁山崩，晉侯以傳召伯宗伯」[9]、〈莊公十一年〉：「秋，宋大水。公使弔焉，曰：天作淫雨，害於粢盛，若之何

3　張高評：〈左傳預言之基型與作用〉，見氏著：《春秋書法與左傳學史》（臺北市：五南圖書出版公司，2011年），頁40。

4　「禨祥」一詞或與「妖祥」意義相近。（「妖祥」為吉凶之兆，《周禮》〈春官・視祲〉：「以觀妖祥，辨吉凶。」鄭玄注：「妖祥，善惡之微。」賈公彥疏：「祥是善之微，妖是惡之微。」），本文為求一致，皆以「禨祥」論之。

5　（漢）董仲舒：《春秋繁露》（臺北市：臺灣商務印書館，1984年），頁236。

6　（清）朱鶴齡：《讀左日鈔》（臺北市：臺灣商務印書館，1983年）。

7　（清）阮元：《十三經注疏・左傳》（臺北市：藝文印書館，2013年），頁129。

8　同前注，頁142。

9　同前注，頁439。

不弔」[10]、〈僖公二十九年〉：「秋，大雨雹，為災也」、〈宣公十六年〉：「夏，成周宣榭火，人火之也。凡火，人火曰火，天火曰災」[11]，舉凡日食、星隕、山崩、大水、雨雹、火災……等，皆可屬之。因民智未開，先人見異象而驚駭，對難解之事，往往將之歸類為人事變動之先兆，具有預言功能，對此本文一概視之為「禨祥」之例，因面向繁多，故將其歸納為天象星辰之變、自然萬物之災、人為事故之害、萬物變態之怪，茲探析如次：

一　天象星辰之變

《周禮》載保章氏之職云：「掌天星，以志星辰日月之變動。以觀天下之遷，辨其吉凶；以星土辨九州之地，所封封域，皆有分星，以觀妖祥。」[12]古代對星象之重視，由堯時已設專職天文官，可窺見一斑。（唐）顏師古《匡謬正俗》：「天垂象見吉凶，所以示人從三垂日月星也。蓋觀乎天文以察時變，示神事也。」[13]可知自古已可見依天象觀時變，預知吉凶之兆，藉此因應社會政治局勢之安排，涵蓋層面多元而複雜，特殊天象如日食、歲星、星辰、赤雲、隕石等，其中又以日食所見最為繁多。據筆者初步統計《春秋》提及日食之處數十則，《左傳》進行解釋者僅十餘，茲臚列如次：

　　冬，十月朔，日有食之。不書日，官失之也。（〈桓公十七年〉）

10　同前注，頁152。

11　同前注，頁283。

12　（漢）鄭玄注、（唐）賈公彥疏：《周禮注疏》（臺北市：藝文印書館，1985年），頁404。

13　（唐）顏師古：《匡謬正俗》（合肥市：黃山書社，2009年）。

夏，六月辛未，朔，日有食之，鼓、用牲于社，非常也。(《莊公二十五年》)

六月辛丑朔，日有食之。鼓、用牲于社，非禮也。(《文公十五年》)

夏，五月，日有食之。不書朔與日，官失之也。(《僖公十五年》)

十一月乙亥朔，日有食之。辰在申，司歷過也，再失閏矣。(《襄公二十七年》)

夏，四月甲辰朔，日有食之。(《昭公七年》)

夏，六月甲戌朔，日有食之。(《昭公十七年》)

秋，七月壬午朔，日有食之。(《昭公二十一年》)

夏，五月乙未朔，日有食之。(《昭公二十四年》)

十二月辛亥朔，日有食之。(《昭公三十一年》)

足見日食發生頻率甚高，尤其是昭公年間，多數被視為人事變化之預言，如〈昭公三十一年〉十二月初一發生日食，因夜夢孩童裸身歌舞，趙簡子請史墨占夢，預知吳攻入郢都。自古以來，先民對日食多所關注，《詩集傳》云：「日食，天變之大者也。」陽光頓時沒入陰暗中，即天象有異，恐上蒼降罪、妖物出沒，故舉火照明、呼號奔走、擊鼓鳴鑼，而《詩經》〈小雅‧十月之交〉已可見以日食諷刺幽王之語[14]，且因「天人感應」、「敬畏天命」之觀念，天象有異多半引發

---

14 《詩經》〈小雅‧十月之交〉：「十月之交，朔月辛卯，日有食之，亦孔之醜。彼月而微，此日而微。今此下民，亦孔之哀。日月告凶，不用其行。四國無政，不用其良。彼月而食，則維其常；此日而食，于何不臧！爗爗震電，不寧不令。百川沸騰，山冢崒崩。高岸為谷，深谷為陵。哀今之人，胡憯莫懲！皇父卿士，番維司徒，家伯維宰，仲允膳夫，棸子內史，蹶維趣馬，楀維師氏，豔妻煽方處。抑此皇父，豈曰不時？胡為我作，不即我謀？徹我牆屋。田卒汙萊。曰：予不戕，禮則然矣。皇父孔聖，作都于向，擇三有事，亶侯多藏。不慭遺一老，俾守我王；擇有車

「日變脩德，月變省刑，星變結和」之思考，故日月星辰變異，多見載於《左傳》中。除了日食外，尚有〈昭公十七年〉載：

> 冬，有星孛于大辰，西及漢。申須曰：「彗所以除舊布新也。天事恆象，今除於火，火出必布焉，諸侯其有火災乎！」梓慎曰：「往年吾見之，是其徵也。火出而見，今茲火出而章，必火入而伏，其居火也久矣，其與不然乎？火出，於夏為三月，於商為四月，於周為五月。夏數得天，若火作，其四國當之，在宋、衛、陳、鄭乎！宋，大辰之虛也；陳，大皞之虛也；鄭，祝融之虛也，皆火房也。星孛天漢，漢，水祥也。衛，顓頊之虛也，故為帝丘，其星為大水，水，火之牡也。其以丙子若壬午作乎！水火所以合也。若火入而伏，必以壬午，不過其見之月。」鄭禆灶言於子產曰：「宋、衛、陳、鄭將同日火。若我用瓘斝玉瓚，鄭必不火。」子產弗與。[15]

「孛」即彗星，《爾雅》〈釋天〉云：「彗星為欃槍」[16]（晉）郭璞注：「亦謂之孛，言其形孛孛似掃彗。」此星自古被視為凶星，自《楚辭》〈遠游〉：「攬彗星以為旍兮，舉斗柄以為麾。」已可見之。因彗星後曳長尾，俗稱掃帚星，主除舊布新，或可視為重大災難發生之前兆；「大辰」即心宿，或稱大火星，《左傳》敘述彗星出現於大辰旁，申須認為必然發生災禍，並依火星出現之月令以曆法解析，認為宋、

馬，以居徂向。黽勉從事，不敢告勞。無罪無辜，讒口囂囂。下民之孽，匪降自天；噂沓背憎，職競由人。悠悠我里，亦孔之痗。四方有羨，我獨居憂。民莫不逸，我獨不敢休。天命不徹，我不敢傚，我友自逸。」

15 同前註，頁838。

16 （清）阮元：《十三經注疏・爾雅》（臺北市：藝文印書館，2013年），頁96。

衛、陳、鄭等四國必須承擔此災；另於〈召公二十六年〉：「齊有彗
星，齊侯使禳之。」[17]此時亦出現彗星，齊侯派人祭禱，據《周禮》
〈天官·女祝〉：「掌以時招、梗、禬、禳之事，以除疾殃。」[18]鄭玄
注：「卻變異曰禳。」藉由祝禱祛除災禍。而〈昭公十年〉載：

> 十年，春，王正月，有星出于婺女。鄭裨竈言於子產曰：「七
> 月戊子，晉君將死。今茲歲在顓頊之虛，姜氏、任氏實守其
> 地，居其維首，而有妖星焉，告邑姜也。邑姜，晉之姒也。天
> 以七紀，戊子逢公以登，星斯於是乎出，吾是以譏之。」[19]

此則事例以天象定人事禍患最為顯明，「婺女」為二十八星宿之一，
又名「女宿」，為玄武七宿中的第三，有星四顆。客星出現於婺女
宿，鄭國裨竈預言七月戊子日晉國國君將死，推論之據為當年歲星在
玄枵，婺女宿正當玄枵首位，而客星出現，暗示災禍將歸於邑姜（邑
姜為晉侯先妣），藉由占卜星象得以預言凶事。另有〈昭公十一年〉
論及歲星，萇弘藉此預言蔡國將被楚國所占據，直至歲星到大梁，蔡
國復國，楚國不吉，是天道之輪迴。可見當時對歲星亦頗為關注，據
（宋）王應麟《六經天文編》載：「歲星主農祥，后稷憑焉，故周人
常閱其禨祥，而觀善敗。」[20]藉上述《左傳》諸例可知，先民對觀測
天象已有相當能力，觀測後進行判斷與因應之態度慎重，並作為預知
人事吉凶之依據。

17　同前注，頁904。
18　同前注，頁122。
19　同前注，頁781。
20　（宋）王應麟：《六經天文編》（合肥市：黃山書社，2009年），卷下，頁78。

二　自然萬物之災

　　《左傳》一書保留諸多珍貴之歷史文獻、自然現象、怪異奇事、鬼神崇拜等資料，而種種自然災異現象，舉凡山崩、水患、大火，皆深切影響人民生活，因此格外驚懼害怕，故多所關注，如〈昭公十八年〉載：

> 夏，五月，火始昏見。丙子，風。梓慎曰：「是謂融風，火之始也；七日，其火作乎！」戊寅，風甚。壬午，大甚。宋、衛、陳、鄭皆火。梓慎登大庭氏之庫以望之，曰：「宋、衛、陳、鄭也。」數日皆來告火。裨灶曰：「不用吾言，鄭又將火。」鄭人請用之，子產不可。子大叔曰：「寶以保民也，若有火，國幾亡。可以救亡，子何愛焉？」子產曰：「天道遠，人道邇，非所及也，何以知之？竈焉知天道？是亦多言矣，豈不或信？」遂不與。亦不復火。[21]

就此可知，該年五月曾見大火星出現於黃昏時分，初七曾刮風，梓慎藉此預言將發生火災。據杜預注云：「東北曰融風。融風，木也。木，火母，故曰火之始。」孔穎達疏云：「東北曰融風。《易緯》作調風，俱是東北風。一風有二名。東北，木之始，故融風為木也。木是火之母，火得風而盛，故融為火之始。」融風加劇，四國皆發生火災。〈僖公十六年〉另載：

> 春，隕石于宋五，隕星也。六鷁退飛，過宋都，風也。[22]

---

21 同前注，頁840。
22 同前注，頁235。

荀子〈天論〉云：「夫星之墜，木之鳴，是天地之變，陰陽之化，物
之罕至者也。」隕石由空中高速墜下，鷁為水鳥，形如鷺而大，渾身
羽色蒼白，能展翅高飛，《左傳》描繪隕石落下、鷁鳥畏風退飛之況，
皆非尋常可見之事，因此觸發警覺之心。宋國都城出現隕石及鷁鳥退
飛之現象，襄公詢問叔興吉凶之兆。《左傳》描寫之法，頗值得玩味，
足見風勢強弱引發異狀，受當代人關注。針對自然災害，自古以來多
被視為王權或諸侯興衰之兆，故備受重視，如〈僖公十四年〉載：

> 秋，八月辛卯，沙鹿崩。晉卜偃曰：「期年將有大咎，幾亡
> 國。」[23]

山岳崩塌、河水枯竭之況，自古以來即被視為凶訊，據《國語》〈周
語上〉：「夫國必依山川。山崩川竭，亡之徵之。」已有此記載，《左
傳》中可見晉國卜偃藉由山崩判斷大災將至，恐會亡國。而〈成公五
年〉亦載晉國山崩云：「國主山川，故山崩川竭，君為之不舉、降
服、乘縵、徹樂、出次，祝幣，史辭以禮焉。」[24]因山川具有靈性，
崩塌枯竭皆為惡兆，身為國君必須責己及祝禱，藉此祈求免除或降低
禍害。

三　人為事故之害

　　除了上述自然災害外，另有人為之過所引發之禍事，《左傳》區
別甚明，如〈宣公十六年〉載：「夏，成周宣榭火，人火之也。凡

---

23 同前注，頁224。
24 同前注，頁439。

火，人火曰火，天火曰災。」[25]《左傳》對於火災之認知，有所不同，人為之禍為「火」，天降之火為「災」，可見其講究。而人為之禍事，首推攻伐戰爭，如〈昭公十八年〉：

> 春，王二月乙卯，周毛得殺毛伯過而代之。萇弘曰：「毛得必亡。是昆吾稔之日也，侈故之以。而毛得以濟侈於王都，不亡，何待？[26]

此則藉由人為事件入手，因周朝毛得殺了毛伯過，並取而代之，萇弘推論毛得必定逃亡，「昆吾稔之日」指暴君夏桀死於乙卯日，昆吾曾保衛夏桀，作惡多端，也死於同日，故以此比附毛得。另於〈昭公二十四年〉亦載：

> 楚子為舟師以略吳疆。沈尹戌曰：「此行也，楚必亡邑。不撫民而勞之，吳不動而速之，吳踵楚，而疆場無備，邑能無亡乎？」越大夫胥犴勞王於豫章之汭，越公子倉歸王乘舟。倉及壽夢帥師從王，王及圉陽而還。吳人踵楚，而邊人不備，遂滅巢及鍾離而還。沈尹戌曰：「亡郢之始於此在矣。王一動而亡二姓之帥，幾如是而不及郢？《詩》曰：『誰生厲階？至今為梗』，其王之謂乎！」[27]

楚平王組織水軍侵襲吳國，沈氏以此預測，認為楚國必定失去城邑。〈昭公三十二年〉：「夏，吳伐越，始用師於越也。史墨曰：「不及四

---

25 同前注，頁410。

26 同前注，頁840。

27 同前注，頁886。

十年，越其有吳乎！越得歲而吳伐之，必受其凶。」[28]夏季，吳國攻打越國，乃此國用兵之始，史墨藉此預測，認為不到四十年，越國便可占據吳國，因越國正值歲星之天運，而吳國攻打它，必然要遭受歲星降下之災禍。

四　萬物變態之怪

《左傳》多涉奇異之事，其中亦多見述及動物者，如〈昭公十九年〉鄭國發生大水，雙龍之爭鬥，因為異象，國人請求祭禱；而〈文公十六年〉所載：「夏，五月，公四不視朔，疾也。公使襄仲納賂于齊侯，故盟于郪丘。有蛇自泉宮出，入于國，如先君之數。秋八月辛未，聲姜薨。毀泉臺。」強調蛇之數象徵先君之數，而〈莊公十四年〉亦論及蛇妖；〈昭公八年〉載：「春，石言于晉魏榆。」更塑造奇事，引發關注，或如〈襄公三十年〉：

> 或叫于宋大廟曰：「譆譆，出出。」鳥鳴于亳社，如曰「譆譆」。

大廟為宋始祖微子之廟，「譆譆」為喊叫聲，「出出」意即逃出，描繪禽鳥鳴叫於亳社，亳社為祭祀殷商先王之神社，此乃藉由鳥鳴預言火災即將發生。足見藉由萬物之特殊型態，亦可作為預知吉凶之兆。

---

28 同前注，頁931。

第三節　《左傳》「禨祥」之敘事手法

　　《左傳》敘事精善，幾於化工，詳於《春秋》，歷來備受推崇。林紓〈左傳擷華序〉云：「左史盡得諸國之史，故長於敘事。」[29]章學誠《丙辰劄記》亦云：「敘事之文，莫備於左氏。」[30]《春秋集傳纂例》曰：「博采諸家，敘事尤備，能令百代之下，頗見本末。因以求義，經文可知。」[31]（清）劉熙載《藝概》云：「《左傳》敘事，紛者整之，孤者輔之，板者活之，直者婉之，俗者雅之，枯者腴之。剪裁運化之方，斯為大備。」[32]《左傳》敘事之法，歷代學者多所關注，故此節擬就篇章論及「禨祥」之敘事手法，探析如次：

一　旁顯側映，托意虛飾

　　陳澧《東塾讀書記》曰：「左氏為魯史官，亦不可以直書者，而能曲曲傳之。其敘事之精善，非後世史家所及也。」[33]《公羊》、《穀梁》兩傳採行「以義解經」；《左傳》「以事解經」之法，則與敘事手法，關係至密。而左氏生處春秋亂世，制度崩壞，感慨遂深，不免懷憂傷時，故撰寫之筆法，多所講究，如〈昭公七年〉：「四月甲辰朔，日有食之。晉侯問於士文伯曰：『誰將當日食？』對曰：『魯、衛惡之。衛大，魯小。』公曰：『何故？』對曰：『去衛地如魯地，於是有

29　林紓：〈左傳擷華序〉，頁1。
30　章學誠：《丙辰劄記》，收錄於《筆記四編章實齋札記四種》（臺北市：廣文書局，1971年）。
31　陸淳：《春秋集傳纂例》卷一，收錄於（清）錢儀吉輯《經苑》本冊五（臺北市：大通書局，1970年），頁2358-2359。
32　（清）劉熙載：《藝概》（合肥市：黃山書社，2009年）。
33　（清）陳澧：《東塾讀書記》（上海市：上海古籍出版社，2008年），卷10。

災，魯實受之。其大咎其衛君乎！魯將上卿。」[34]藉由文句之語預知
禍事，而晉平公進一步追問《詩經》之意，士匄則深入說明國家無
道，不用賢能之士，藉由典故勸戒君主；或如〈昭公十八年〉四國之
火災，先著重描繪風勢猛烈，助長火勢瀰漫，兩相烘托映照，看似寫
風，實則另有所指，通篇夾敘夾議，始論天道，以輕筆描繪，終於人
道，重筆論述，兩相映照，正可發明旨趣；而〈莊公十四年〉載：

> 鄭厲公自櫟侵鄭，及大陵，獲傅瑕。傅瑕曰：「苟舍我，吾請
> 納君。」與之盟而赦之。六月甲子，傅瑕殺鄭子及其二子，而
> 納厲公。初，內蛇與外蛇鬥於鄭南門中，內蛇死。六年而厲公
> 入。公聞之，問於申繻曰：「猶有妖乎？」對曰：「人之所忌，
> 其氣燄以取之。妖由人興也。人無釁焉，妖不自作。人棄常，
> 則妖興，故有妖。」[35]

鄭厲公率兵侵襲鄭國都城，在南門時，門內外有兩蛇互鬥，門內之蛇
被咬死。六年後厲公回國即位，問申繻妖孽之事，申繻之言頗值得解
析。敘寫此事，突然夾寫蛇妖，烘顯厲公之事，章法具有橫雲斷嶺之
奇。[36]

二　寄意於言，多所講究

　　《左傳》敘事精工，簡要卻栩栩生動，《左傳分國集注》：「《左
傳》工紀事，委婉深曲，多寄意於語言之外，讀者不可徒滯拘於字句

34　同前注，頁760。

35　同前注，頁155。

36　張高評撰：《左傳文章義法撢微》，頁83。

間也。」呂本中亦云：「文章不分明指切，而從容委曲，辭不迫而意獨至，唯《左傳》為然。」敘事或直紀其才性、或唯書其事跡、或因言語而可知、或假論贊而自見，[37]藉此審視《左傳》筆法，讀者往往能因事明白義理，寄寓歷史評價，或論述道理，且藉由對談話語，可窺見左氏之褒貶評價及思想要旨，如〈僖公十六年〉石隕鷁退飛之事，叔興之後卻云「君失問」、「吾不敢逆君」，且明確道出「是陰陽之事，非吉凶所生也」，皆可見左氏已投注個人觀點，藉此揭露事情真相，可顯現出不信妖祥之思考。

三　翻空出奇，出人意表

劉勰《文心雕龍》〈神思〉云：「意翻空而易奇，言徵實而難巧。」[38]撰寫文章欲引發讀者興趣，往往必須透過憑空虛設、詭譎多變之筆法，《左傳》亦多見此法，如〈昭公八年〉：

> 春，石言于晉魏榆。晉侯問於師曠曰：「石何故言？」對曰：「石不能言，或憑焉。不然，民聽濫也。抑臣又聞之曰：『作事不時，怨讟動于民，則有非言之物而言。』今宮室崇侈，民力彫盡，怨讟並作，莫保其性，石言，不亦宜乎？」於是晉侯方築虒祁之宮，叔向曰：「子野之言君子哉！君子之言，信而有徵，故怨遠於其身；小人之言，僭而無徵，故怨咎及之。《詩》曰：『哀哉不能言，匪舌是出，唯躬是瘁。哿矣能言，巧言如流，俾躬處休。』其是之謂乎！是宮也成，諸侯必叛，

37　（唐）劉知幾：《史通》（合肥市：黃山書社，2008年）卷6，頁90。

38　（南朝）劉勰：〈神思〉《文心雕龍》（合肥市：黃山書社，2009年）。

君必有咎，夫子知之矣。」[39]

《左傳》記載此事，藉由奇事破題，引發讀者關注，藉由晉平公與師
曠對談之語，標舉君主施政必須合乎時令，否則百姓怨言誹謗，便可
能託意於石，虛設奇事，引人入勝；此外，《左傳》亦常使用巧妙譬
喻，如〈僖公二年〉載：

> 虢公敗戎於桑田。晉卜偃曰：「虢必亡矣。亡下陽不懼，而又
> 有功，是天奪之鑑，而益其疾也。必易晉而不撫其民矣。不可
> 以五稔。」[40]

此則記載虢公打敗北狄，晉國卜偃藉此預言虢國必亡，舉天奪其鏡為
喻，指虢國君主不能自見其醜，持續作惡，鄰國厭惡，喪失民心，不
到五年必亡。藉此可見，記載奇事，穿插其中，更見巧妙。

四　伏應觀照，對話生動

林紓《左傳擷華》云：「左氏往往於遠處埋根，後來為絢爛之
文，皆非不根之論。」[41]《左傳》所載禨祥之事，具有預言性質，故
左氏筆法，多半設定伏筆，再與之呼應，如〈昭公十五年〉載：

> 春，將禘于武公，戒百官。梓慎曰：「禘之日其有咎乎！吾見
> 赤黑之祲，非祭祥也，喪氛也。其在涖事乎！」二月癸酉，

39　同前注，頁768。
40　同前注，頁200。
41　林紓：《左傳擷華》，頁138。

禘。叔弓薨事，籥入而卒。去樂，卒事，禮也。[42]

此則載春日將祭祀武公，告誡百官齋戒，梓慎卻預言當天恐有災禍，原因乃因紅黑色妖氣出現，並非祭祀之祥端，而是喪事之兆，並且料定會發生在主祭者身上。果然於當日，叔弓主祭時發生不幸。魯國大夫梓慎、鄭國大夫裨竈皆為著名陰陽曆算家，《左傳》常藉由人物對話及行動，細膩鋪設預言，再考訂是否真實發生。錢鍾書《管錐編》云：「《左傳》之記言，實乃擬言代言。要皆左氏設身處地，依傍性格身分，假之喉舌，想當然耳。」[43]《左傳》敘事筆法生動，歷代以來備受關注，語句精練，意義深刻，無怪乎馬驌《左傳事緯》讚之曰：「左氏文字，或簡而備，或詳而賅，故寥寥數語而不覺其少，長篇累紙而不見其煩，此所以為古今絕響也。」[44]

第四節　《左傳》「禨祥」之象徵意涵

吳闓生曰：「左氏喜談神怪，然只藉以蕩寫胸臆瓌奇之趣耳，而本意則決不惑妖祥也。」[45]又云：「左氏於倫紀蕩亡之世，輒玩弄一切，以寄慨，所以寓其孤憤也」[46]《左傳》敘事精要，依《春秋》作傳，經文簡略，傳文多有闡發，必定有其深刻意涵，具有象徵意義，寓有論斷褒貶，故本節針對《左傳》中「禨祥」之象徵意涵，探析如次：

---

42 同前注，頁822。

43 錢鍾書：《管錐編》（北京市：生活・讀書・新知三聯書店，2001年）。

44 （清）馬驌：《左傳事緯》（北京市：國家圖書館出版社，2012年），卷10，頁10。

45 吳闓生：《左傳微》（臺北市：中華書局，1970年），卷6，頁195。

46 吳闓生：《左傳微》（臺北市：中華書局，1970年），卷6，頁12。

一　天之警示，引以為戒

　　《禮記》云：「國之將興，必有徵祥；國之將亡，必有妖孽。」
《漢書》亦云：「蓋災異者，天地之戒也。」董仲舒云：「災者，天之
譴也；異者，天之感也。」自古以來，天人關係至密之說，亦充分表
現於《左傳》一書中，藉由描繪天象，預言未來之吉凶禍福，如日
食、星隕、山崩；更藉鬼怪奇異之事警戒世人，如〈昭公七年〉師曠
論石言，借此勸諫君主；另〈僖公十四年〉載沙鹿山崩，亦用以象徵
國運。《白虎通疏證》云：「天所以有災變何所以譴告人君，覺悟其
行，欲令悔過修德，浞思慮也。」[47]見天象、事物變異，君王見此警
示，飭身正事，自古而然，故《左傳》亦多見此思考。張師高評《左
傳導讀》云：「史學所以經世，固非空言著述也。故左氏作傳，但取
可以經世，足以戒勸者載之，故多徵驗，理固然矣。後人不察，見左
氏論斷占筮，億則屢中，……」[48]《左傳》論事多涉及天道，更多見
天象、卜筮、夢境，臆測多能應驗，實乃筆法之斟酌，取可以經世勸
戒者載之，故多能徵驗。

二　當代思潮，尚未一統

　　就《左傳》所載禨祥之事加以探討，除可窺見社會環境、政治發
展外，更可發現當時代思想，就〈昭公二十四年〉載梓慎以陰陽解析
日食；或〈襄公十六年〉隕星墜落及鶂鳥退飛之事，周史叔興明白道
出「是陰陽之事，非吉凶所生也」；〈襄公二十八年〉春日無冰，乃陽

47　（漢）董仲舒：《白虎通疏證》（臺北市：廣文書局，1987年），卷上，頁319。
48　張高評：《左傳導讀》（臺北市：文史哲出版社，1995年），頁85。

不堪陰。上述之例,皆為陰陽概念,但亦可窺見觀念尚未統一,而〈昭公九年〉載:

> 夏,四月,陳災。鄭裨竈曰:「五年陳將復封,封五十二年而遂亡。」子產問其故。對曰:「陳,水屬也;火,水妃也。而楚所相也。今火出而火陳,逐楚而建陳也。妃以五成,故曰五年。歲五及鶉火,而後陳卒亡,楚克有之,天之道也,故曰五十二年。」[49]

此則記載陳地發生火災,裨竈預言五年後陳國將重新受封,後封後五十二年滅亡。子產問其故,裨竈利用陰陽五行之運轉,加以說明,因陳國屬水,楚國屬火,陳國因大火星出現而發生火災,乃驅逐楚人復建陳國,陰陽五行運轉以五為基數,故歲星繞鶉火五次,陳國才會完全滅亡,此乃天道循環的結果。或如〈襄公二十八年〉:

> 春,無冰。梓慎曰:「今茲宋、鄭其饑乎!歲在星紀,而淫於玄枵。以有時菑,陰不堪陽。蛇乘龍。龍,宋、鄭之星也。宋、鄭必饑。玄枵,虛中也。枵,耗名也。土虛而民耗,不饑何為?」[50]

襄公年間,《左傳》記載春日無冰,此況違反常態,梓慎藉此預言鄭、宋兩國將陷入饑荒。透過曆法推算,時年歲星應行於星紀次,卻越位至玄枵次,可能會發生饑荒。《左傳》亦清楚記載推論之語,寒

---

49 同前注,頁778。
50 同前注,頁650。

氣不勝暖氣，故無冰；玄枵次為蛇，乘於龍之上，龍為兩國之星，故首當其衝。而玄枵有三個星宿，枵有虛耗、腹空之意，因此百姓遭逢饑荒。藉由上述諸例可見，當時陰陽五行之觀念尚未一統，而藉由天文曆算預知吉凶，十分普遍。

三　文以載道，寓含褒貶

據張師高評《左傳文章義法撢微》云：「先儒載道，皆以文為載道之器，文非道不立，道非文不行。」[51]《左傳》一書除藉「君子曰」明言闡述《春秋》之書法大義，更深切寓含儒家倫常，對此林紓《左傳擷華》云：「左氏結習，每論一事，必包括五常之理，不一而足。」[52]孔子作《春秋》，記兩百四十二年要事，標舉天理，端正人倫，文字褒貶，亂臣深懼，《左傳》本《春秋》義理，述事立言多見與《論語》意旨相近，更另有發揮，如〈莊公十四年〉：

> 鄭厲公自櫟侵鄭，及大陵，獲傅瑕。傅瑕曰：「苟舍我，吾請納君。」與之盟而赦之。六月甲子，傅瑕殺鄭子及其二子，而納厲公。初，內蛇與外蛇鬥於鄭南門中，內蛇死。六年而厲公入。公聞之，問於申繻曰：「猶有妖乎？」對曰：「人之所忌，其氣燄以取之。妖由人興也。人無釁焉，妖不自作。人棄常，則妖興，故有妖。」[53]

宣公十五年對妖、災之禍事，加以解釋云：「天反時為災，地反物為

51　張高評：《左傳文章義法撢微》，頁12。
52　林紓：《左傳擷華》，頁88
53　同前注，頁155。

妖，民反德為亂，亂則妖災生」此外，針對奇異天象之記載，尚有〈哀公六年〉：

> 是歲也，有雲如眾赤鳥，夾日以飛三日。楚子使問諸周大史。周大史曰：「其當王身乎！若禜之，可移於令尹、司馬。」王曰：「除腹心之疾，而寘諸股肱，何益？不穀不有大過，天其夭諸？有罪受罰，又焉移之？」遂弗禜。[54]

此特殊景象乃因天空雲彩有如眾多赤紅色禽鳥，於日兩旁飛翔三日，楚昭王派人向周王室之太史詢問，太史藉此預測，災禍恐怕要降臨在君王身上，若進行禳祭，則可以移轉到令尹、司馬身上。但楚昭王以人體病症為例，認為除去心腹之疾，卻轉移到大腿、胳膊上，並無助益。並反思自身無大過，上天不至於降下罪責，若自身有罪，受責遭罰也是應當，故不行禳祭。此處大量記載楚昭王事蹟，在位二十七年間，兩次敗於吳國，卻未滅亡，《左傳》認為是楚昭王之德。當凶訊出現且對己身不利，只要轉移到他人身上，便可免除災殃，楚昭王卻不願意，並引孔子「楚昭王知大道矣。其不失國，宜哉！」之讚賞語，皆可見楚昭王之優良品德。

四　人文精神，高舉昂揚

汪中《述學》曰：「左氏之言天道、鬼神、災祥、卜筮、夢，皆未嘗廢人事也。」鄭志明〈左傳災異說探論〉云：「《春秋》經言簡，記敘災異，其義為何？不得而知。《公羊》、《穀梁》闡其微言大義，

---

54 同前注，頁1006。

多言何以書，記災也、記異也，述災異的書載之法，罕言災異之由來
及應變之道；《左傳》則異於是，多載時人之言論，詳述災異之徵兆
及聖人神道設教的對應之策。」《左傳》一書，好言禍福吉凶，每臆
屢中，實有其寄託。而《左傳》雖多言怪異奇事，卻不因此迷信，反
而申明「妖由人興」〈莊公十四年〉、「吉凶由人」〈僖公十六年〉之概
念。而〈昭公十九年〉：

> 鄭大水，龍鬥于時門之外洧淵，國人請為禜焉。子產弗許，
> 曰：「我鬥，龍不我覿也；龍鬥，我獨何覿焉？禳之，則彼其
> 室也。吾無求於龍，龍亦無求於我。」乃止也。[55]

鄭國人深信龍鬥為災禍之兆，故欲舉行去禍祈福之祭，但子產以龍與
我對比，表示自然與人事本不相干，不可過於迷信。〈昭公七年〉則
強調為政之道：

> 夏，四月甲辰朔，日有食之。晉侯問於士文伯曰：「誰將當日
> 食？」對曰：「魯、衛惡之。衛大，魯小。」公曰：「何故？」
> 對曰：「去衛地如魯地，於是有災，魯實受之。其大咎其衛君
> 乎！魯將上卿。」公曰：「《詩》所謂『彼日而食，于何不臧』
> 者，何也？」對曰：「不善政之謂也。國無政，不用善，則自
> 取謫于日月之災，故政不可不慎也。務三而已：一曰擇人，二
> 曰因民，三曰從時。[56]

晉侯詢問文句此次日食何國遭殃？文句藉由日食始於衛國，到魯國結

---

55 同前注，頁846。
56 同前注，頁760。

束，因此認為應是衛國受災，魯國受波及，而衛國是國君受災，魯國則是上卿。晉平公進一步追問《詩經》之意，士匄則深入說明國家無道，不用賢能之士，故招來日食、月食等天災，藉此審視國君施政必須謹慎，施政要點有三：選拔人才、百姓有依、順應時勢。藉此例可窺見人文精神之昂揚，與其畏懼上天之懲戒，不如謹慎於國家施政之善。此外，〈昭公八年〉「晉侯問於史趙曰：「陳其遂亡乎？」對曰：「未也。」公曰：「何故？」對曰：「陳，顓頊之族也，歲在鶉火，是以卒滅。陳將如之。今在析木之津，猶將復由。且陳氏得政于齊而後陳卒亡。自幕至于瞽瞍無違命，舜重之以明德，寘德于遂。遂世守之。及胡公不淫，故周賜之姓，使祀虞帝。臣聞盛德必百世祀。虞之世數未也，繼守將在齊，其兆既存矣。」晉平公向史趙詢問陳國國勢，史趙依照天象之況，進行判定，並強調盛德者享有百代之祭祀。藉由上述之例，可見此時期人文思想之高昂。

第五節　結語

　　《左傳》以歷史方式解釋《春秋》經文，與《公羊》、《穀梁》不同，更是研究上古文化之信史，舉凡古代傳說、制度文化、天文曆法、社會風俗、會盟朝聘、軍事往來、思想哲學，皆可見之，無怪乎錢穆《中國史學名著》云：「《左傳》確實是一部偉大的史學書。」[57]據《周禮》〈大宗伯〉所載之常設祭祀，以煙祀祭昊天上帝、以實柴祭日月星晨、以血祭祀社稷五嶽、以貍沈祭山林川澤……等，范寧曾批評《左氏》文辭豔麗，記事豐贍，其弊卻在迷信神怪。但《左傳》所記載鬼神之事不僅反映古代宗教原貌，亦可彰顯春秋時期因原始宗

---

57 錢穆：《中國史學名著》（臺北市：三民書局，1974年）。

教與人文精神複雜交錯，所以出現難以依照常理解釋的神奇鬼怪與層出不窮的異象，此乃經由《左傳》作者主觀選擇後加以詮釋，並明白呈現個人判斷情況，因而可說《左傳》所載記之內容不僅可窺見春秋時代的歷史，也是《左傳》作者的價值觀與歷史觀真實敘寫。可窺見天神、星象、山嶽、河川皆受先民崇敬畏懼，故《左傳》所載禨祥之兆，多為上述之類，《春秋》多載怪力亂神之事，左氏筆法實有其旨趣及其象徵意涵，記載「禨祥」之處，或托意天之警戒，或彰顯道德，抒發個人感慨，已可窺見人文精神之昂揚，而非盲目因奇異怪物而驚懼。《左傳》中的神怪敘事，其重點並不在探究神祕不可知的領域，而是藉此肯定後天人事必須努力，強調人的意識與逐漸過度到重視自我的道德實踐為主要依歸。

本文經審查通過後發表於
「2021國立中興大學經書與文化全國學術研討會」。

參考書目

（漢）董仲舒：《春秋繁露》，臺北市：臺灣商務印書館，1984年。

（漢）鄭　玄注、（唐）賈公彥疏：《周禮注疏》，臺北市：藝文印書館，1985年。

（唐）顏師古：《匡謬正俗》，合肥市：黃山書社，2009年。

（宋）王應麟：《六經天文編》，合肥市：黃山書社，2009年。

（清）阮　元：《十三經注疏・左傳》，臺北市：藝文印書館，2013年。

（清）朱鶴齡：《讀左日鈔》，臺北市：臺灣商務印書館，1983年。

（清）陳　澧：《東塾讀書記》，上海市：上海古籍出版社，2008年。

（清）吳闓生：《左傳微》，臺北市：臺灣中華書局，1970年。

（清）錢　穆：《中國史學名著》，臺北市：三民書局，1974年。

（清）梁啟超：《飲冰室專書》，臺北市：中華書局，1978年。

楊寶忠：《論衡校箋》，石家莊市：河北教育出版社，1999年。

張高評：《春秋書法與左傳學史》，臺北市：五南圖書出版公司，2011
　　　　年。

第三章
論魏晉士人創作中對傳統物象之接受

——以陶淵明詩歌為例

第一節　書寫動機及研究目的

　　（明）許學夷《詩源辨體》云：「靖節詩真率自然，傾倒所有，晉、宋以還，初不知尚，雖靖節亦不過寫其所欲言，亦非有意勝人耳。至唐王摩詰、元次山、韋應物、柳子厚、白樂天、宋蘇子瞻諸公，並宗尚之，後人始多得其旨趣矣！」[1]陶氏人格、詩篇備受推崇，真切吐露真情，無過分修飾之語，而其間有無窮妙味，後人稱之為「隱逸詩人」、「平淡之宗」[2]，歷來研究者眾多，面向紛呈。（宋）蘇軾評之云：

　　　　淵明作詩不多，然其詩質而實綺，癯而實腴，自曹、劉、鮑、謝、李、杜諸人，皆莫及也。[3]

綜觀其詩歌，語言樸實，旨趣濃厚，風格恬淡，意境清遠，尤其描繪

1　（明）許學夷：《詩源辨體》，收錄於《陶淵明資料彙編》，上冊，頁155。
2　（明）胡應麟：《詩藪》：「陶之五言，開千古平淡之宗。」收錄於《陶淵明資料彙編》，上冊，頁162。
3　（宋）蘇軾：〈與蘇轍書中語〉，《東坡全集》（合肥市：黃山書社，2009年），卷三一，頁765。

物況，栩栩生動，篇章寄託懷抱，極為高妙。魏晉時期著重對物之思考，據劉劭《人物志》云：「物生有形，形有精神，能知精神，則窮理盡性。」[4]萬物形體各具姿態，形體外貌透顯內在精神，而神靈氣韻之所存受限於生命情調而殊異，詩歌多見此類題材。俞琰〈歷代詠物詩選序〉云：「詩感於物，而其體物者不可以不工，狀物者不可以不切。於是有詠物一體，以窮物之情，盡物之態，而詩學之要，莫先於詠物。」詠物題材多元，大抵託物言情之筆，情在言外，（清）劉熙載《藝概》論之云：

> 詠物隱然只是詠懷，蓋有我也。[5]

可知詠物書寫初始以描摹形貌為主，然自《詩經》、〈楚辭〉開創後，藉物興發、取譬、諷諭之作為詠物傳統奠下厚實精神，乃深切融我之見於其中，文人筆下的物態不再是客觀而獨立的存在，黃永武《中國詩學——設計篇》加以解釋云：

> 「意象」是作者的意識與外界的物象相交會，經過觀察、審思與美的釀造，成為有意境的景象。[6]

書寫者試圖結合內在襟懷與客觀物象，將意蘊深含其中，融入詩人情思的物態，因此被賦予特殊含義，而逐漸成為文學特質。「意象」是文學創作者所不可或缺的關鍵。文學作品細膩描寫物態，可遠溯至《詩經》，至魏晉賦篇乃大行其道，陶詩亦善於描繪物況以喻己志，

4　（魏）劉劭：《人物志》（北京市：中華書局，1936年），頁35。

5　（清）劉熙載：《藝概》（臺北市：金楓出版社，1998年），頁23。

6　黃永武：《中國詩學——設計篇》（臺北市：巨流圖書公司，1999年），頁3。

故本文擬以動物意象為探析主軸，藉此關注其意涵及懷抱。並融入現今教學場域之思考將詠物之作發揮於生活中的啟發。

第二節　陶淵明詩歌中的動物意象舉隅

　　（南朝）劉勰《文心雕龍》〈物色〉云：「聯類不窮，流連萬象之機，沉吟視聽之區，寫氣圖貌，即隨物以宛轉；屬采附聲，亦與心而徘徊。」[7]詩人遇物興發，或由主觀情志擇取物象傳達情感，尤以鳥獸草木為夥，自《詩經》、《楚辭》已多不勝數；漢代以降，更以詠物題材為大宗，晉代賦作描寫鳥獸者甚繁，如阮籍有〈獼猴賦〉、〈鳩賦〉，傅玄〈雉賦〉、〈鸚鵡賦〉、〈鬥雞賦〉、〈良馬賦〉，張華〈鷦鷯賦〉，潘岳〈射雉賦〉、〈鱉賦〉，鮑照〈野鵝賦〉、〈舞鶴賦〉等，足見描繪動物以明己志，備受歷代作者青睞，物各有姿態，姿態各有美感，可考察視覺講究與文學筆法之巧妙融合，或輕描淡寫勾勒物況，或重彩濃筆渲染場景，所展現之意境本身便是一種最獨特之藝術。陶詩亦頗好此道，據葉嘉瑩〈陶淵明詩講錄〉云：「陶淵明所喜歡的形象，一個是鳥，一個是松，一個是菊。」[8]松、菊為靜態物體，而鳥類飛翔之姿、鳴叫之音，往往有其意蘊，對此前人已有專文討論[9]，然多以鳥類所象徵之意義，或專致探討某類行動，未能全面觀照陶淵明詩中之動物形象，及其寫作情懷，故本文擬以禽鳥、走獸兩大類別，探討如次：

7　（梁）劉勰撰、范文瀾注：《文心雕龍》（北京市：人民文學出版社，2006年1月），下冊，頁693。

8　葉嘉瑩：〈陶淵明詩講錄〉，收錄於《國文天地》第89期，頁23。

9　針對陶淵明詩歌中的鳥類進行探討者，已有侯迺慧：〈從神話到陶詩——論陶淵明詩中鳥的象徵意義〉，收錄於《法商學報》第28期（1993年8月），頁375-404。吳龍川：〈陶詩「歸鳥」探微〉，收錄於《清雲學報》卷29第1期（2009年1月），頁282-307。

（一）禽鳥類

聞一多《詩經通義・周南》云：「《三百篇》中以鳥起興者，亦不可勝計，其基本觀念疑亦異源於圖騰。」[10]足見《詩經》早已奠下以鳥為比興寄託之基礎，部分承繼神話，並另有新塑造描繪之意涵，屈原更大量描寫各類禽鳥，如〈離騷〉：「恐鵜鴃之先鳴，使夫百草為之不芳」、〈懷沙〉：「雞鶩群舞」、〈思美人〉：「因歸鳥而致辭」，尤其是描繪鳳凰，賦予理想。正因屈原之影響，後世更熱衷以善鳥、惡禽來比附忠貞、奸佞之人，委婉比喻，意涵深刻，如王逸〈九嘆〉：「憫空宇之孤子兮，哀枯楊之冤雛。孤雌吟於高墉兮，孤鳴鳩棲於桑榆。」以冤雛比喻孤臣之憂，對比鳴鳩之得意；更有以禽鳥比附祥瑞凶訊者，以賈誼〈鵩鳥賦〉最為知名，漢代詠鳥賦更是大宗。[11]綜觀陶詩描繪鳥類之處，約計有三十二首，占其詩歌總篇數的五分之一[12]，描寫方式有二，其一泛稱為「歸鳥」、「飛鳥」，多側重描繪各類禽鳥之細部姿態；其二為專論某一鳥類，如鷗、鶴、雁、燕等，與全文內容緊密牽涉，帶有象徵意涵，茲個別探析如次：

1 稱歸鳥、飛鳥

論及歸鳥、飛鳥者，有〈停雲〉、〈歸鳥〉、〈於王撫軍座送客〉、〈歲暮和張常侍〉、〈飲酒〉（第四、五、七）、〈詠貧士〉第一、〈讀山

---

10 聞一多撰、朱自清等編輯：《聞一多全集》〈古典新義〉（臺北市：里仁書局，1993年），頁107。

11 據廖國棟《魏晉詠物賦研究》統計云：「魏晉107篇吟詠動物之賦篇中，詠鳥之賦高達62篇，超過詠動物賦篇之半矣！」（臺北市：文史哲出版社，1990年），頁219。

12 此說參考侯迺慧〈從神話到陶詩──論陶淵明詩中鳥的象徵意義〉一文之統計，「今存陶淵明詩集約有153首（組詩的每首詩均計數），其中出現鳥類形象的約有三十二首。大約每五首中就會有一首出現鳥。」頁389。

海經〉第一、〈歸園田居〉第一、〈始作鎮軍參軍經曲阿作〉等十餘首，茲探析如次：

> 翩翩飛鳥，息我庭柯，斂翮閒止，好聲相和。豈無他人，念子實多；願言不獲，抱恨如何。（〈停雲〉）

此詩寄託深切，為四言佳唱，自成一格，「翩翩」兩字形容飛鳥形象，輕盈曼妙，其後斂翮棲息，動靜皆寫，張謙宜《絸齋詩談》卷四評此詩風格云：「溫雅和平，與三百篇近；流逸鬆脆，與三百篇遠。」[13]足見此詩雖有承襲，亦不乏創新之處；針對此詩懷抱，（元）劉履《選詩補註》云：「興也，言庭柯之鳥，翔集從容，和鳴而相親，以興仕途之人，當擇所處，不可遺棄親友而不顧返也。……此可見靖節之於親友，情之至，義之盡也。」[14]（明）黃文煥《陶詩析義》云：「鳥閒止而有相和之聲，人閒飲而艱相就之朋，處處迴環闡映。鳥語挪揄獨坐，居然若嘲人矣！比興憤極，高處在使人驟讀之不覺，並親友亦屬兼葭伊人之想。」[15]上述諸家所論，皆有見地，然飛鳥遨遊天際後，恬靜安適地休憩，動靜轉換之間，似可窺見詩人心中歸隱之嚮往。另有〈詠貧士〉第一首，亦具有此心緒，詩云：

> 萬族各有託，孤雲獨無依。……朝霞開宿霧，眾鳥相與飛。遲遲出林翮，未夕復來歸。量力守故轍，豈不寒與飢？知音苟不存，已矣何所悲。（〈詠貧士〉）

〈詠貧士〉為組詩，共計七首，論及鳥類者僅一首，此詩創作年代有

13　張謙宜：《絸齋詩談》，收錄於《陶淵明資料彙編》，下冊，頁1。

14　（元）劉履：《選詩補註》，收錄於《陶淵明資料彙編》，下冊，頁1。

15　（明）黃文煥：《陶詩析義》，收錄於《陶淵明資料彙編》，下冊，頁2。

二說[16]，然所描繪之貧老淒哀，由字詞間顯而易見。第一首描繪黃昏景色，萬物各有所歸止，惟獨孤雲無依，後續描繪晨景，百鳥爭鳴翻飛，隱喻積極仕進者，對比相襯，一鳥遲出早歸，不與眾鳥相類，具有象徵意涵，配合末四句「量力守故轍，豈不寒與飢？知音苟不存，已矣何所悲。」正可藉此意象襯出詩人高潔幽靜、安適自得之心靈，語氣感慨悲嘆，卻是對自我生命得所依托之肯定。藉由鳥獸暗藏己身心性者，尚有〈始作鎮軍參軍經曲阿作〉：「目倦川途異，心念山澤居。望雲慚高鳥，臨水愧游魚」，李善云：「言魚鳥咸得其所，而己獨違其性也。」[17]由平淡中見作者心緒；另有針對歸隱生活安適之況，進行描繪者，〈讀山海經〉一詩云：

> 孟夏草木長，繞屋樹扶疏。眾鳥欣有託，吾亦愛吾廬。既耕亦已種，時還讀我書。……俯仰終宇宙，不樂復何如。

《山海經》論述古代山川異物與神話傳說，陶淵明頗以閱讀此書為樂，故創作〈讀山海經〉十三首。全詩共計十六句，抒發幽居自得之趣，第三句描繪鳥類形象，欣喜之情配合良辰美景，極樂無窮。另有兩首詩，〈於王撫軍坐送客〉、〈歲暮和張常侍〉亦有深切依託：

> 晨鳥暮來還，懸車斂餘暉。（〈於王撫軍坐送客〉）
> 向夕長風起，寒雲沒西山。冽冽氣遂嚴，紛紛飛鳥還。（〈歲暮和張常侍〉）

---

16 王瑤編注：《陶淵明集》據「朝霞開宿霧，眾鳥相與飛。」二句認定應為新、舊朝疊合之際，即宋武帝永初二年；逯欽立校注：《陶淵明集》則認為據「好爵吾不縈，厚饋吾不酬」兩句，應推為元嘉三年。

17 北京大學中國文學史教研室選注：《魏晉南北朝文學史參考資料》（臺北市：里仁書局，1992年），頁379。

（元）劉履《選詩補註》評〈歲暮和張常侍〉一詩云：「中謂長風夕起，寒雲沒山，猛氣嚴而飛鳥還者，以喻宋公陰謀弒逆之暴，而能使人駭散也。」[18]冽冽寒氣隱喻現實局勢，禽鳥飛還暗喻己身欲歸隱之情；此外，〈飲酒〉詩二十首，描繪鳥類形象者有三，第四首詩云：

> 栖栖失群鳥，日暮猶獨飛。徘徊無定止，夜夜聲轉悲。屬響思清遠，去來何依依。因值孤生松，欲翩遙來歸。勁風無榮木，此蔭獨不衰。托身以得所，千載不相違。

第四首通篇採用譬喻手法，以鳥自況，上半以失群禽鳥托身孤松，隱喻自身處境，夜鳴音聲悲切，更使人心生不捨。前六句孤鳥「失群」、「獨飛」、「徘徊」等動作，已可窺見詩人不隨波逐流、與世浮沉之情；後半孤鳥覓得棲身之所，與前半形成強烈對比。第五首詩云：

> 結廬在人境，而無車馬喧。問君何能爾，心遠地自偏。採菊東籬下，悠然見南山。山氣日夕佳，飛鳥相與還。此中有真意，欲辨已忘言。

此詩最為後人熟知及稱道，全詩共計十句，前四句描繪歸隱之況，第五至八句為內心歸隱所達之境，眾鳥結伴而飛，歸向山林，表現出作者與大自然萬物的互動，帶有和諧統一之美。第七首論及秋日歸鳥「日入群動息，歸鳥趨林鳴」，與上述兩首〈飲酒〉詩之禽鳥頗有異曲同工之妙，皆非單純描繪物況，「群動」指眾物，而歸鳥「趨」、「鳴」皆為動態，與群物止息對比，更可襯顯作者心緒，鳥知日落還

---

18 同前注，頁108。

巢，人生亦是如此；更有直接以歸鳥為題之作，足見此意象於陶詩中
具有重要地位。

2　專論某種鳥類

陶淵明描繪鳥類形象，下筆遣詞用字，精確深刻，除了泛稱鳥類
者，如「飛鳥」、「歸鳥」，尚添加如「羈」、「驚」等字詞，另有直接
明言禽鳥類別者，如〈游斜川〉之鷗鳥、〈連雨獨飲〉之雲鶴、〈己酉
歲九月九日〉之鴻雁、〈讀山海經〉之鳳鳥等，《山海經》中提及「鸞
鳥自歌，鳳鳥自舞」，以鸞鳳歌舞象徵極樂祥和之境，陶詩論及鳳鳥
亦著重此意；而〈游斜川〉一詩，則描繪鷗鳥云：

> 氣和天惟澄，班坐依遠流。弱湍馳文魴，閒谷矯鳴鷗。迴澤散
> 游目，緬然睇曾丘。雖微九重秀，顧瞻無匹儔。

藉由此詩序言已可知[19]，天氣清和，風物俱美，作者與鄰友，相偕出
遊，賞景乃人生一大樂事。觸目所及，錦魚出水，鷗鳥翻飛，生氣蓬
勃，作者藉由此詩感嘆年華易逝，嚮往與大自然交融合一。歷代研究
者，多將此詩所提及之鷗鳥，與一般鳥類等同視之，未就其意蘊深切
闡發，實屬可惜。自古以來，鷗鷺等禽鳥，除了飛舞生動之姿外，尚
有特殊意涵，就其形體論之，鷗鳥頭大，嘴部扁平，趾間有蹼，翼長
而尖，羽毛繁多，呈灰白色，生活在海洋及內陸河川，種類繁多。鷗
鳥意象，自《列子》〈黃帝〉：「海上之人有好鷗鳥者，每旦之海上，

---

19 陶淵明：〈游斜川序〉：「辛丑正月五日，天氣澄和，景物閒美。與二三鄰曲，同游
　斜川。臨長流，望曾城。魴鯉躍鱗於將夕，水鷗乘和以翩飛。彼南阜者，名實舊
　矣，不復乃為嗟歎。若夫曾城，傍無依接，獨秀中皋，遙想靈山，有愛嘉名；欣對
　不足，率爾賦詩，悲日月之遂往，悼吾年之不留。各疏年紀鄉里，以記其時日。」

從鷗鳥遊，鷗鳥之至者百住而不止。其父曰：『吾聞鷗鳥皆從汝游，汝取來，吾玩之。』明日之海上，鷗鳥舞而不下也。」[20]後多以「鷗鷺忘機」指人無巧詐之心，或比喻隱居淡泊，不問世事之心。〈游斜川〉一詩，通篇景致優美，氣候和暢，烘托出鷗鳥閒適自得之情，可說是陶淵明自身嚮往之境。除了鳳鳥、鷗鳥之外，雲鶴亦是陶詩描繪之重點，〈連雨獨飲〉：

> 天豈去此哉，任真無所先。雲鶴有奇翼，八表須臾還。自我抱茲獨，僶俛四十年。形骸久以化，心在復何言。

（清）陳祚明《采菽堂詩話》云：「形化心在意超。」[21]（清）方東樹《昭昧詹言》卷四亦云：「雲鶴，仙也，雖可羨而吾不願顧。獨抱任真自然之心，久與天忘，乃衍上文，意不必求仙也。」[22]此詩屬飲酒詩，亦帶有深切哲理思考，詩人獨居飲酒，「雲鶴」兩句暗用典故，以王子喬駕鶴升天之傳說，引發作者思考，思及萬物運化，生命遭遇；另有〈己酉歲九月九日〉一詩，論及鴻雁：

> 靡靡秋已夕，淒淒風露交。……哀蟬無留響，叢雁鳴雲霄。萬化相尋繹，人生豈不勞？從古皆有沒，念之中心焦。何以稱我情？濁酒且自陶，千載非所知，聊以永今朝。

鴻雁，俗稱大雁，為季節性遷徙之候鳥，毛色呈紫褐，腹部偏白，嘴部扁平，腳短有蹼，專以種子、魚、蟲為食，飛翔排列成行，自古以

---

20 列禦寇、楊伯峻：《列子集釋》（臺北市：華正書局，1996年），卷2，頁67-68。

21 （清）陳祚明：《采菽堂古詩選》卷13，收錄於《陶淵明資料彙編》，下冊，頁81。

22 （清）方東樹：《昭昧詹言》（北京市：人民文學出版社，2006年），卷4，頁122。

來備受關注，描寫於作品之中，如《詩經》中已有〈鴻雁序〉，《漢書》〈蘇武傳〉已載大雁傳書之事，漢代張衡曾作〈鴻賦〉，曹操詩中亦曾描繪鴻雁，如〈卻東西門行〉，善用比興手法，描繪征夫懷鄉之苦。而陶淵明亦曾關注鴻雁，如此詩作於重陽節前後，細膩描繪秋景、秋聲，夏日蟬鳴已息，轉而群雁高空哀鳴，更可鮮明呈現時序，藉此引發詩人悲涼心緒。藉由上述探討可知，陶詩描繪鳥類，多能呈顯作者情志，被賦予深摯情意與高尚節操，鳥類飛翔之姿，鳴叫之音，視覺與聽覺描摹構成獨特藝術氛圍，亦可說是詩人的心靈寫照。

（二）走獸類

除了描繪禽鳥之外，陶詩亦多見吟詠走獸之作，此部分較少受到研究者關注，此題材自《詩經》之〈周南〉、〈召南〉，已多不勝數，品類繁多。而最受陶淵明青睞之走獸，首推驥馬，驥馬即千里馬，為古代征戰、行役之事所必須，歷來吟詠之作甚為繁多，如〈離騷〉：「乘騏驥以馳騁兮，來吾道夫先路」、（漢）枚乘〈七發〉：「將為太子馴騏驥之馬，駕飛軨之輿，乘牡駿之乘」，東漢時期則可見劉琬〈馬賦〉，魏晉時期則有應瑒〈慜驥賦〉、傅玄〈良馬賦〉、黃章〈龍馬賦〉，而陶淵明亦有三篇詩歌涉筆描繪驥馬，如〈榮木〉：

> 先師遺訓，余豈云墜。……脂我名車，策我名驥；千里雖遙，孰敢不至！

據（宋）周密〈癸辛雜識〉評此四句云：「所欲至者為何？惟其用功深，見道明，知世道之難，而時事益不可為，故欲翻然歸，而其發於督郵之來，特不欲為苟去云耳！」[23]（清）吳瞻泰輯《陶詩彙註》

---

23 （宋）周密：《癸辛雜識》（北京市：中華書局，2004年11月），頁89。

云：「脂車、策驥四語，正是邁往圖功，有孔席不暇暖之意。此蓋其初赴建威幕時也。陶公具聖賢經濟學問，豈放達飲酒所能窺測。」[24]此詩通篇四言，意涵深遠，驥馬意象帶有積極進取之志；另有〈贈羊長史〉一詩：

　　　駟馬無貰患，貧賤有交娛。清謠結心曲，人乖遠見疏。

此詩為陶氏贈答作品中的名著，借古傷今，帶有諷勸友人之意。羊長史，名松齡，此詩涉及敏感之政治問題，因而採取幽微曲折之筆法，化用〈紫芝歌〉後段意旨，相傳秦末東園公、綺里季、夏黃公、甪里先生，鬚鬢斑白，並稱「商山四皓」，其事蹟見於《史記》〈留侯世家〉、《漢書》〈張良傳〉，四人曾作歌云：「漠漠商洛，深谷威夷。曄曄紫芝，可以療飢。皇農邈遠，余將安歸？駟馬高蓋，其憂甚大。富貴而畏人，不若貧賤而輕世。」[25]又名〈采芝操〉，唐人稱作〈紫芝曲〉、〈紫芝歌〉、〈紫芝謠〉、〈四皓歌〉，後世多泛指隱逸避世之歌。「駟馬」一詞，指地位顯赫者所乘之馬車，當時劉裕執掌朝政，深具奪權野心，羊長史奉命入關，向當時甫北伐取勝的劉裕祝賀，陶淵明了解劉裕之野心，故委婉諷勸友人，勿追求高官顯赫之位，足見意味深長，後世多有評價，如（清）吳松《論陶》云：「『紫芝』、『深谷』、『駟馬』、『貧賤』四句，皆採〈四皓歌〉中語。」[26]此詩所用即〈四皓歌〉：「駟馬高蓋，其憂甚大」之意，隱含陶淵明身處異代，有

---

24 同前注，頁14。

25 相傳秦末東園公、綺里季、夏黃公、甪里先生避亂隱居，稱商山四皓，作歌曰：「漠漠商洛，深谷威夷。曄曄紫芝，可以療飢。皇農邈遠，余將安歸？駟馬高蓋，其憂甚大。富貴而畏人，不若貧賤而輕世。」見《樂府詩集》〈琴曲歌辭二〉，題作〈采芝操〉。唐人作〈紫芝曲〉，亦稱〈紫芝歌〉、〈紫芝謠〉。亦泛指隱逸避世之歌。

26 （清）吳松：《論陶》，收錄於《陶淵明資料彙編》，下冊，頁105。

懷難伸，僅能借古興歎，雖是化用典故之句，卻是憂思之意深遠，
（清）邱嘉穗《東山草堂陶詩箋》：「陶公憂時感事諸詩皆妙，有言盡
意不舒、深得怨緋不亂之意。」[27]此說可顯明陶淵明憂心時局之情。

　　另有〈歲暮和張常侍〉一詩云：「市朝悽舊人，驟驥感悲泉。」
（清）方東樹《昭昧詹言》卷四云：「大致因歲暮而感流年之速、己
之將老死也，而精深沉至，不淺滑平顯，一起一結尤深。起言人代易
速，觀於市朝而見舊人之多亡，其速如驟驥之趨於悲泉。」[28]方氏對
此詩評價極高，就其用意精深，章法曲折頓挫之處，多所關注，通篇
抒發感慨，意味深沉，（元）劉履《選詩補註》云：「首言市朝耆舊之
人，莫不相為悲悽，而其乘馬益有悲泉懸車之感。且謂明旦已非今
日，予復何言，其意深矣！」[29]「悲泉」據《淮南子》〈天文訓〉所載
[30]，本指古代傳說水名，後指日落之處，隱含時光易逝之意。另有
〈丙辰歲八月中於下潠田舍穫〉：「鬱鬱荒山裡，猿聲閑且哀。」描繪
猿啼之聲，據《楚辭》〈九歌〉「雷填填兮雨冥冥，猿啾啾兮又夜
鳴」、《山海經》：「堂庭之山多棪木，多白猿。」郭璞注：「今猿似獼
猴而大，臂腳長，便捷。色有黑有黃。鳴，其聲哀」，自古著重猿啼
悲音，襯顯孤夜荒山之景，更能突顯作者悲涼心緒。

第三節　陶詩動物意象之藝術筆法與情懷寄託

　　自古已多見針對動物形象進行描繪者，更有某些意象蘊含深刻寓
意，而成為象徵筆法，陶淵明詩歌亦多見此一面向，以鳥類最為顯

---

27 同前注，頁104。

28 （清）方東樹：《昭昧詹言》（北京市：人民文學出版社，2006年），卷4，頁109。

29 同前注，頁108。

30 《淮南子》〈天文訓〉：「至於悲泉，爰止其女，爰息其馬，是謂縣車，至於虞淵，
　是謂黃昏。」

明，據侯迺慧歸納其象徵意義有四：一為轉快樂為高遠卓絕的象徵；二為飛行與歸止兩兼的安頓真義；三為群飛群止的情感交融形象；四為典故的採用與時節的表示等[31]，然就筆者之理解，陶詩篇中之動物書寫，應與作者之寫作技巧、人格特質、生命情懷、人生際遇多所關連，故本節擬就陶詩描繪動物意象之寫作筆法與情懷，探析如次：

（一）形象靈動，美感延伸

　　（宋）施德操引周正夫云：「淵明隨其所見，指點成詩，見花即道花，遇竹即說竹。」陶淵明善於觀察周遭景物，靈活取用，卻不脫離現實環境，並藉此觸發心緒，結合心靈思考，以物寄情，品類繁多，據陳師怡良統計，陶詩描繪植物類多達四十餘種，動物類如鳥、猿、雞、犬、蟬、雁、鷗、燕、螟蛾、魚、鯉、蠶等，亦達十餘種之多[32]，各類素材，信筆拈來，皆能生動靈活，對於描繪鳥類之句，歷來多所討論，如評〈停雲〉其四：

> 陶詩寫景最真，寫情最活，末章「斂翮」二句，狀鳥聲態，何
> 等天然活妙！（〔清〕溫汝能纂集《陶詩彙評》）[33]

> 「斂翮」二句，寫鳥靈活。（〔清〕陳祚明《采菽堂古詩選》）[34]

許學夷《詩源辨體》評陶詩云：「超然物表，遇境成趣。」足見作者

---

31 侯迺慧：〈從神話到陶詩——論陶淵明詩中鳥的象徵意義〉，收錄於《法商學報》28
　　期，1993年8月，頁375-404。

32 此統計參見陳師怡良：《田園詩派宗師——陶淵明探新》（臺北市：里仁書局，2006
　　年），頁144。

33 同前注，頁3。

34 （清）陳祚明：《采菽堂古詩選》卷13，收錄於《陶淵明資料彙編》，下冊，頁3。

之寫作技巧，遣詞用字細膩深刻，描繪禽鳥之姿，最為生動靈活。另如〈飲酒〉第四「因值孤生松，斂翮遙歸來」、第七「日入群動息，歸鳥趨林鳴」，畫面生動，皆呈現倦鳥知返之況。而描繪動物意象最為繁多者，首推〈歸園田居〉第一首，茲錄詩句如次：

> 羈鳥戀舊林，池魚思故淵。……狗吠深巷中，雞鳴桑樹顛。

就（元）吳師道云：「〈古雞鳴行〉：『雞鳴高樹顛，狗吠深巷中』，陶公全用其語。」可知此詩乃化用漢代樂府詩歌，但後人多不嫌其同，歷來多予以佳評云：

> 本以言郊居閒適之趣，非以詠田園，而後人詠田園之句，雖極其工巧，終莫能及。（（宋）張戒《歲寒堂詩話》）[35]

> 當與〈豳〉詩〈七月〉相表裡」。（（宋）陳善《捫蝨新話》）[36]
> 其一為初回，第幾畝，屋幾間，樹幾棵，花幾種，遠村近煙何色，雞鳴狗吠何處，瑣屑詳數，語俗而意欲雅，……極平常之景，各生趣味。（〔明〕黃文煥《陶詩析義》）[37]

此詩共計五首，描繪田園風光及歸隱愉悅閒適之情，就上述描繪物象之句，可窺見作者以「羈鳥」、「池魚」隱喻任官之無奈，而後的「狗吠」、「雞鳴」雖屬平常之景，與詩中所提及之「方宅」、「草屋」、「榆柳」、「桃李」結合觀之，可窺見作者嚮往恬靜幽深、清新自然之境，簡筆勾勒，樸實真切，無怪乎諸家皆予以盛讚。

---

35 同前注，頁48。
36 同前注，頁48。
37 同前注，頁48。

另有〈游斜川〉詩:「……氣和天惟澄,班坐依遠流。弱湍馳文魴,閒谷矯鳴鷗。迴澤散游目,緬然睇曾丘。雖微九重秀,顧瞻無匹儔。」此詩感年華易逝,卻也深喜風物宜人,以「游」字帶出景物,動靜皆寫,近處魚兒嬉戲,鷗鳥高飛,放眼望去湖水深廣,山巒高聳,使人歡欣自適,無怪乎(清)方宗誠《陶詩真詮》評之曰:「『氣和』八句,鍊字自然,寫景如畫。」[38]可見陶詩寫景之妙。

(二)比興寄託,懷抱深情

自《詩經》以降,形成「美刺興寄」特色後,後世文學多承繼此手法,錢鍾書《管錐編》釋之曰:「詩中所未嘗言,則取事物,湊泊以合,所謂言在於此,意在於比。」[39]詩歌亦需兼具比興手法,方能見其高妙,對此祝堯《古賦變體》曾解釋云:「凡詠物之賦,須兼比興之義,則所賦之情,不專在物,特借物以見我之情爾。」[40]四言詩為《詩經》之基貌,陶詩亦有四言詩,並刻意仿效之,其特徵為複沓形式及比興手法,尤以後者最受後世學者關注,其中亦不乏論及動物意象之比興手法者,如(清)邱嘉穗《東山草堂陶詩箋》評〈歸園田居〉末章云:「『羈鳥』二句,興而比也。作上下文通脈,末二句鎖盡通篇。」[41]又評〈己酉歲九月九日〉:「哀蟬無留響,叢雁鳴雲霄。萬化相尋異,人生豈不勞」云:「此詩亦賦而興也,以草木凋落,蟬來雁去,引來人生皆有沒意,似說得甚可悲。」[42]前者探討文意脈絡,後者著重生命感懷,此外〈飲酒〉詩其四所描繪之鳥類意象,意義深遠,歷來讀者亦多針對此有感而發,如:

---

38 (清)方宗誠:《陶詩真詮》,收錄於《陶淵明資料彙編》,下冊,頁63。

39 錢鍾書:《管錐編》(臺北市:書林書局,1990年),頁90。

40 祝堯:《古賦變體》(上海市:上海古籍出版社,1993年),頁67。

41 同前注,頁52。

42 同前注,頁144。

此詩譏切殷景仁、顏延之輩附麗於宋。((宋)李公煥《箋註陶
淵明集》)

鳥既失群，松亦孤生，恰可相配。(〔明〕黃文煥《陶詩析義》
卷三)

失群之鳥，托身孤松，先生借以自比，不似殷景仁、顏延年輩
草草附宋，若勁風無榮木也。(〔清〕蔣薰評《陶淵明詩集》卷
三)

此詩通篇使用比喻手法，前六句描繪失群禽鳥之徘徊與無依，後半寫
覓得棲身之所，不再離去，藉此突顯己身之志。另有〈述酒〉：「重離
照南陸，鳴鳥聲相聞；秋草雖未黃，融風久已分。素礫晶脩者，南嶽
無餘雲。」(清)吳菘《論陶》云：「〈述酒〉起六句，乃感時物之
變，托以起興，三百篇多此法。」[43]另有〈擬古〉第三首：

……翩翩新來燕，雙雙入我廬。先巢故尚在，相將還舊巢。自
從分別來，門庭日荒蕪；我心固匪石，君情定何如。

(清)邱嘉穗《東山草堂陶詩箋》卷四：「自劉裕篡晉，天下靡然從
之，如眾蟄草木之赴雷雨，而陶公獨惓惓晉室，如新燕之戀舊巢，雖
門庭荒蕪，而此心不可轉也。末四句亦作燕語方有味，通首純是比
體。」〈擬古〉詩共九首，前四句寫春回大地，生氣蓬勃，「翩翩」、
「雙雙」等疊字筆法，以鳥擬人，燕識取舊巢，本屬平常之事，卻觸
動詩人情懷，末二句「我心固匪石」，用《詩經》〈邶風〉之句，表達
詩人堅貞之情，餘味無窮，故此比興之法，深受後世學者青睞，論其

---

43 同前注，頁206。

情感者，如：

> 先巢在而新燕還舊居，物情貞一，說得可愛。再拈荒蕪之感作
> 一噴起，燕雖已來，情尚未可知，況飛入他家者哉！（〔明〕
> 黃文煥《陶詩析義》）

> 問燕奇，更革之慘，入舊巢者正不可不知耳。無人可語，但語
> 以燕。（〔明〕黃文煥《陶詩析義》）

> 作寓改革意亦可。借燕傳心，托言不肯背棄意，露出本傳。
> （〔清〕孫人龍）

> 此首似譏仕宋室者之不如燕也。（〔清〕馬墣《陶詩本義》）

> 因新感舊，讀之令人慨然。「眾蟄」二句警妙。結語問燕，別
> 有深致。（〔清〕溫汝能纂集《陶詩彙評》卷四）

此詩藝術特色，極受稱許，可窺見陶淵明重視禽鳥之情，藉由特殊筆
法，展現個人思考。另有〈雜詩〉第十一首「春燕應節起，高飛拂塵
梁」、「邊雁悲無所，代謝歸北鄉」、「離鵾鳴清池，涉暑經秋霜」等六
句，（清）邱嘉穗評之曰：「賦而比也。『慘風』比晉亡宋興時，『春
燕』比附宋諸臣，『邊雁』公自比，『離鵾』亦比當時勞人，此愁人所
以怨長夜也。」[44]可知各類禽鳥形象，皆意有所指，連用比法，加深
讀者印象；而〈詠貧士〉一詩：

---

44 同前注，卷4，頁263。

萬族各有托，孤雲獨無依。……朝霞開宿霧，眾鳥相與飛。量力守故轍，豈不寒與飢？知音苟不存，已矣何所悲。

〈詠貧士〉為七首組詩，此詩共計十二句，情景交疊，其中又以雲、鳥兩意象，最常出現於陶詩之中，前後期多表達曠遠閒適之情，但此詩卻用以象徵隱者，結合末兩句觀之，已非自得之情，反而帶有沉痛悲涼之意，可能是作於老邁貧病交加時，故有此心緒難解。張謙宜《繭齋詩談》云：「陶詩句句近人，卻字字高妙。不是工夫，亦不是悟性，只緣胸襟浩蕩，所以矢口超絕。」[45]正因陶詩語言平淡，情感出自胸臆，故能觸發讀者情感，而顯得極為真淳，無怪乎朱熹評之曰：「淵明詩所以高，正在不待安排，胸中自然流出。」

（三）筆法幽深，跌宕頓挫

（南北朝）楊休之云：「余覽陶潛之文，辭采雖未憂，而往往有奇絕異語，放逸之致，棲托仍高。」（明）李東陽亦云：「陶詩質厚近古，愈讀而愈見其妙。」[46]陶氏人品極高，詩歌真情流露，多肺腑之言[47]，托旨沖澹，亦有造語極工巧之作，茲就歷代評騭陶詩描繪物象之精湛處，探析如次：

就園樹上添出息鳥和聲興起。後四「豈無」句筆勢一宕，跌出

---

45 同前注。

46 （明）李東陽、李慶立校釋：《懷麓堂詩話》（北京市：人民文學出版社，2009年）。

47 （明）吳寬：〈讀書錄〉：「凡詩文出於真情則工，昔人所謂出於肺腑者是也。如《三百篇》、《楚辭》、武侯〈出師表〉、李令伯〈陳情表〉、陶靖節詩、韓文公祭兄子老成文、歐陽公〈瀧岡阡表〉，皆所謂出於肺腑者也。故皆不求而自工，皆以真情為主。」頁134。

好友繫懷，而以睽違抱恨作結。（〔清〕張蔭嘉《古詩賞析》）[48]

此詩縱橫浩蕩，汪茫溢滿，而元氣磅礴。……「羈鳥」二句，於大氣弛縱之中，回鞭齧輵，顧盼迴旋，所謂頓挫也。

（〔清〕方東樹《昭昧詹言》）[49]

前者評〈停雲〉，著重詩歌之情懷；後者論〈歸園田居〉，則側重筆法之變化，皆探討描繪禽鳥之處，足見陶詩之精采；另〈癸卯歲始春懷古田舍〉：「鳥弄歡新節，冷風送餘善」，亦不乏論及遣詞用字者，眼光頗為細膩云：

「歡」字、「送」字，巧麗天然。

（〔明〕張自列《箋註陶淵明集》）[50]

「鳥弄」二句，巧麗絕麗。（〔清〕溫汝能《陶詩彙評》）[51]

自然佳句，不因排選矣！（〔清〕王夫之《古詩評選》）[52]

〈丙辰歲八月中於下潠田舍穫〉：「悲風愛靜夜，林鳥喜晨開」，譚元春《古詩歸》評之曰：「此句之妙又不在『喜』字，而在『開』字。」而〈飲酒〉詩二十首，論及禽鳥之處有四，分別為第四「栖栖失群鳥」、第五「飛鳥相與還」、第七「歸鳥趨林鳴」、第十五「班班有翔鳥」等，對此（明）黃文煥曾評之曰：

---

48 （清）張蔭嘉：《古詩賞析》，收錄於《陶淵明資料彙編》，下冊，頁6。

49 （清）方東樹：《昭昧詹言》（北京市：人民文學出版社，2006年），卷四，頁177。

50 同前注，頁130。

51 同前注，頁130。

52 同前注，頁127。

> 陶詩凡數首相連者，章法必深於布置。〈飲酒〉二十首尤為淋
> 漓變幻，意多對豎，意則環應。……語飛禽則曰「失群鳥」，
> 曰「還山鳥」，曰「趨林歸鳥」，曰「班班翔鳥」，小小點綴亦
> 皆互映淺深。[53]

此評側重章法，歷來探析陶詩者，多認為陶詩不假雕琢，樸實無華，
但〈飲酒〉詩二十首，使用特殊象徵，精妙筆法，各篇要旨環環相
扣，蘊含深刻哲理，堪稱陶淵明之代表作。

（四）心與物遊，歸返自然

　　劉勰《文心雕龍》云：「至於草區禽族，庶品雜類，則觸興致
情，因變取會，擬諸形容，則言務纖密；象其物宜，則理貴側
附……。」[54]足見草木物況皆足以觸發作者心緒，陶淵明本性率真自
然，〈歸去來辭序〉云：「質性自然，非矯厲所得」，〈歸園田居〉亦自
陳己志云：「少無適俗韻，性本愛丘山」，足見其性樸實真淳，固窮自
足，平日所好賞松菊、飲酒、撫無絃琴、讀詩書以尚友古人；此外，
對於自然景物亦頗能深體其妙處，故能昇華情感，返回自然，如〈始
作鎮軍參軍經曲阿作〉：

> 望雲慚高鳥，臨水愧游魚。真想初在襟，誰謂形跡拘。聊且憑
> 化遷，終返班生廬。

詩人描繪旅途所見所感，心境隨順自然，見飛鳥、游魚而心生慚愧，

53　同前注，頁155。

54　（梁）劉勰、范文瀾注：《文心雕龍》（北京市：人民文學出版社，2006年），上
　　冊，卷二，頁135。

反思兩物任其本性，自在無憂，己身卻必須踏上仕途，（明）黃文煥《陶詩析義》卷三評高鳥、游魚二句云：「入仕人何可無此慚愧，……『高』字、『游』字尤有味，鳥或受弋，魚或受餌，惟務高務游者能免。」[55]（清）陳祚明：《采菽堂古詩選》卷十三云：「『望雲』、『臨水』之思，此非可飾，誠真想也。」[56]（清）吳淇《六朝選詩定論》卷十一云：「『慚愧』二字，從心來，即孟子『仰不愧於天，俯不怍於地』之意，而托以魚鳥，益為警切。」[57]皆認為此兩句乃陶淵明之真懷。另有〈雜詩〉第十一首「春燕應節起，高飛拂塵梁」、「邊雁悲無所，代謝歸北鄉」、「離鵾鳴清池，涉暑經秋霜」等六句，描繪禽鳥形象，對此（清）陳祚明評之曰：

> 燕、雁，物皆有托，「離鵾」，獨愁已久矣！夫古人悲松，公獨憫春，天下皆春，偏有搖落之感。[58]

描繪鳥類，可說是陶淵明嚮往田園山水靜謐、恬淡之最佳意象，如〈與子儼等疏〉：「見樹木交蔭，時鳥變聲，亦復歡然有喜」[59]，此等怡然自得之情，顯然易見。

　　許結〈明心物與通人禽──對魏晉動物賦的文化思考〉一文云：「在玄學文化氛圍中，魏晉動物賦一則因名教與自然之辨的影響，追求物質的本體，而使情緒歸諸於哲理化；一則受言意之辨的影響，追求神超形越、遺跡索意的趣味，使物質形態內化為主觀體驗而達致一

55　同前注，頁114-115。

56　同前注，下冊，頁63。

57　（清）吳淇：《六朝選詩定論》，卷11，收錄於《陶淵明資料彙編》，下冊，頁117。

58　同前注，卷14，頁263。

59　參見北京大學中國文學史教研室選注：《魏晉南北朝文學史參考資料》（臺北市：里仁書局，1992年），頁435。

種意境。」[60]可見物之形體姿態、精神氣度，確實是魏晉人所關注之焦點，陶氏詩歌亦深受玄學影響，將己身思緒以動物意象傳達，不僅筆法幽微，更可窺見對萬物之情懷。

第四節　應用創新教學促使學子融會古今

筆者教學多年以來，深感教學陷入固定模式與單一思考，故長期投注心力於教學創新研究，乃積極跳脫單一授課模式，以引領學子實作及自主延伸閱讀動力為主，仍以本校選用之教材為本，可兼顧日後面對升學二技為主導向的學子，卻不再局限於文字形音義解析，及單一紙本測驗，因筆者深知教學不僅是知識傳遞，也是行動實踐，更應促進職場安適力。授課時特意結合文本與活動，另闢蹊徑，以多元模式促進思辨與表達，轉變評分方式以改善僵化現場，活動場域可至教室外草坪區自由討論，分工合作，或擔任主持引領同學討論，或以手機即時查找資料，或擔任智庫提供各類思維，可兼顧學子口語表達與總結要點之能力。國語文長年為必修學科，基本學習時間達十二年以上，經歷無數位引導者，因此影響到學子對學習本科目之態度。相信學子學習國文之經驗，必定曾面對教師單向翻譯式講述，聚焦解釋文句及翻譯文本，以紙筆選擇題測驗為評分方式，要求學子牢記文意，答案非黑即白，確實無法觸發學習興趣。以動物意象創新教案設計旨在立足以課堂古今詠物詩歌為核心，活絡國文教學現場，開拓師生互動及自發學習之模式，故有意透過創新教案，企圖讓學子以簡易數位工具發揮主動學習動機，兼具成就感、遊戲感、藝術感，延伸課堂討論與作品鑑賞與思辨，並精進口語表達能力而有之一系列規劃。又可

---

60 許結：〈明心物與通人禽──對魏晉動物賦的文化思考〉，收錄於南京大學中國語文學系主編：《魏晉南北朝文學論集》（南京市：南京大學出版社，1997年），頁642。

以使用文字雲輔助之，目前臺灣學界以「文字雲」為工具進行研究之面向甚為多元，然數量仍寥如晨星，確實可供學子學習後予以應用。

　　帶入課堂實作，不僅有助學子熟悉唐宋詩詞概況，更有助於薈萃資料，提供日後本校校內大專生專題研究，更進一步之發展。就授課與引領學子以課堂文本為基礎下，應積極延伸視野，筆者深知掌握《全唐詩》、《全宋詩》、《全宋詞》之數據分析極為重要，課堂所用文字雲軟體（2017年改名為「WordArt」），在逐步精進中已能夠控制諸多變化，並提供多元模板樣式，也透過創意調整圖形色彩、關鍵字大小，以及變化形狀，因頗具設計美感，總能讓學子期待製作結果，發揮藝術想像。學期授課前，先請班上同學以Google表單採匿名方式填寫「國中階段對國文課程所抱持的態度」、「曾因授課方式，而於國文課堂感受到的困擾」兩大問題，研究結果與討論分述如次：

　　1、線上問卷分析，了解修課同學狀況
　　2、教學現場以數位教學工具協助相關事項
　　3、使用Moodle放置課堂教材及相關課堂事項
　　4、Kahoot即時搶答互動（傳統動物意象思辨題）
　　5、Zuvio則可協助即時回饋，分組討論與管理學生出缺席
　　6、網路資料搜尋工具介紹及HTML5文字雲軟體（本文主軸）

　　首先，先說明此項活動規定，請四位組員自由討論各類傳統文學中的動物意象，分別針對某物特質及其遞變進行統整，使用Moodle討論區回覆，再由同組組員分別錄製語音說明選擇原因，再由該組同儕匿名投票決定何者勝出，可藉此掌握學子初步了解之深淺，用心籌劃者自然可取得優先選擇權。且必須詳細記錄組員討論及汰選之過程，一開始四位組員所認知與愛好處必定不同，最終定案方式是何依準，

簡要說明何以選定此類動物對象，藉由文字說明思辨過程，亦可釐清個人所思所感，並藉由四人互動間取得共識。

其二，實際就各組討論所得，實際搜尋該動物特質（以下皆以雁為例），與之相關之俗諺及成語，以及文學中約定俗成之特質，再將網路搜尋結果彙整，並結合操作HTML5文字雲軟體，經斷字、斷詞後，探討各動物意象出現於作品之頻率高低，進而深入探討，可對應其他相關網站與鑑賞辭典，進一步探究該作品所展現之特質。團隊討論分析後以影音短片解說，繳交上傳至Zuvio。如圖一，以雁為例，教師先說解傳統文學意象，再由學子延伸跨域思維，上網查詢並與同儕互動，歸納出符合現今社會思潮之論，進行闡發與思考。

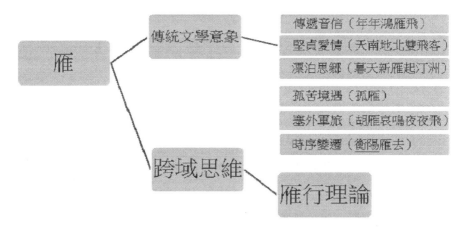

圖一　動物特質（以雁為例）相關之俗諺及成語及
文學中約定俗成之特質

其三，評分方式不侷限於紙筆測驗，本校因受限於共同命題，所以期中、期末考試各由教師擇選五篇文本講授，評分方式則由六十題選擇決定成績。筆者思索後，決定不再侷限於四大選項中的標準答案，因傳統評分標準使學子思考受到侷限，且毫無延伸閱讀之動力，

十分可惜！因此採行線上收看同儕影片後互評及交相詰問方式，將文本所涉及之面向加深、加廣，並展現結合數位工具之教學實踐成果，親身實作有助更加透徹了解選擇題易限制延伸思考，因此採取同儕互評及交相詰問方式，文本所涉及之面向可更加深廣，並展現跨領域教學實踐成果，也可讓同學了解並思辨各組是否精確掌握古今動物意象詮解之特性。如雁之意象於傳統文學象徵意義甚繁，如上圖所示；但不應侷限於此，日本學者赤松要（Kaname Akamatsu）於1935年提出雁行理論（Flying-geese model），用於說明產業興衰，受成本條件遞變而被迫從先進國家轉移至節約成本處，如野雁以V型群體飛行，由帶頭者飛向氣候適宜處，本為動物順應環境所展現之本能，學者卻用為詮解產業興起、成長、成熟、衰退等過程，如大雁帶小雁般，一切以利益為優先考量。而飛利浦公司妥善歸納出雁行理論五項內涵及對團體或組織的啟示如表二：

表二　飛利浦公司所主張之雁行理論五項內涵及相關啟示

雁行	啟示
1.當每一隻雁鳥展翅拍打時，造成其他的雁鳥立刻跟進。藉著V字隊形，整個雁群比每隻雁鳥單飛時，至少增加了七十一個百分比的飛行距離。	1.於團隊中與擁有相同目標者同行，更能有效率到達目的地，因為彼此互相策勵與克服難關。
2.當一隻野雁脫隊時，牠立刻感到飛行遲緩、拖拉與吃力，所以很快又回到隊形中，繼續利用前一隻鳥所造成的浮力。	2.團隊成員需擁有如野雁般的行向心力，體會到留在組織裡的必要性。
3.當領隊的野雁疲倦了，牠會退到側翼，另一隻野雁即接替飛在隊形的最前端。	3.團隊成員應該合理輪流從事繁重工作，輪流擔任與共享領導權。

雁行	啟示
4. 飛行在後的野雁會利用叫聲鼓勵前面的同伴來保持整體的速度,繼續前進。	4. 團隊成員隨時都需要相互激勵。
5. 當有一隻雁生病獲受傷時,其他兩隻會由隊伍飛下來協助保護牠直到牠康復或死亡為止。然後他們組成隊伍開始飛行,努力追趕上原來的雁群。	5. 團隊成員不論是在困境或逆境中,都會相互扶持。

修改自陳妍伶:《從雁行理論探討課程發展委員會之執行成效:以桃園縣國民中學為例》(桃園市:中原大學,2005年)。https://doi.org/10.6840/cycu200500360

其四、將傳統雁意象,結合今日社會經濟環境與職場特質,激勵學子能夠團隊合作、輪流領導、激勵同伴和互相扶持等人格特質,有助於思辨與職涯心態調整,提升自我心靈及安頓。另外,尚有「螃蟹效應」、「烏鴉定律」、「野鴨效應」、「刺蝟法則」均由學子一一分析,先就傳統動物意象詮解,再結合社會經濟。使數位、跨域教學與國文教學激盪出更多璀璨火光。

第五節　結語

（清）李重華《貞一齋詩說》云:「詠物詩有兩法,一是將自身放頓在裡面,一是將自身站立在旁邊。前者乃有我之境,主要是藉由物體、物性來抒發個人情志或幽微寄託難言之隱;後者則屬無我之境,純粹以客觀眼光寫物。」[61]就此觀點審視陶詩,顯然多為有我之境,藉由對禽鳥、走獸之描寫,畫面生動,細膩研讀確實為一幀幀自然風光圖卷,就其文意可窺見作者以質樸寧靜之心境,詩中以藝術家

61　（清）李重華:《貞一齋詩話》,收錄於丁福保編:《清詩話》(北京市:北京圖書出版社,2003年),頁856。

眼光觀察動物姿態，也體現出對大自然萬物所投注之情感，禽鳥走獸彷彿作者之友，展露出作者之自然觀[62]，肯定萬物之存在與生生不絕之運行，因此能與大自然萬物同遊。（宋）陳模《懷古錄》云：「淵明人品素高，胸次灑落，信筆而成，不過寫胸中之妙爾。未嘗以為詩，亦未嘗求人稱其好，故其好者皆出於自然，此其所以不可及。」[63]陶潛詩歌寫景留心觀照自然變化，山花人鳥，偶然相對共化機，天真自具，既無名象，亦不落言詮，可見雖以田園題材為大宗，景中有情，巧融心靈與自然之境為一，詩人欣賞花草鳥獸，與之同遊，並藉此寄託懷抱，堪稱生活即藝術之具體實踐者。

本文通過「自發、互動與共好：素養導向教學與實踐線上國際研討會」審查發表，感謝評論人給予之寶貴修改意見。

參考書目

一　專書

（晉）陶　潛撰、郭惟森譯注：《陶淵明集譯注》，臺北市，地球出版社，1994年。

（梁）劉　勰撰、范文瀾注：《文心雕龍》，北京市：人民文學出版社，2006年。

（清）方東樹：《昭昧詹言》，北京市：人民文學出版社，2006年。

62　針對陶淵明之「自然觀」，學界多所討論，筆者認為鍾優民〈陶淵明之世界觀〉一文所云，最能掌握及要旨，云：「他所謂自然的意義，包含有『自然的本來面目』與『天地萬物自然存在的涵意』」。

63　（宋）陳模撰、鄭必俊校注：《懷古錄校注》（北京市：中華書局，1993年），頁89。

（清）溫謙山纂訂：《陶詩彙評》，臺北市：新文豐出版公司，1980年。

（清）劉熙載：《藝概》，臺北市：金楓出版社，1998年。

北京大學中國文學史教研室選注：《魏晉南北朝文學史參考資料》，臺北市：里仁書局，1992年。

北京大學中國文學史教研室選注：《魏晉南北朝文學史參考資料》，臺北市：里仁書局，1992年。

袁行霈：《中國詩歌藝術研究》，臺北市：五南圖書出版公司，1989年。

袁行霈：《陶淵明研究》，北京市：北京大學出版社，2009年。

陳文忠：《中國古典詩歌接受史研究》，合肥市：安徽出版社，2008年。

陳怡良：《田園詩派宗師——陶淵明探新》，臺北市，里仁書局，2006年。

陳怡良：《陶淵明之人品與詩品》，臺北市，文津出版社，1993年。

陳怡良：《陶淵明研究》，臺南市，第一書局，1983年。

陸侃如、馮沅君：《中國詩史》，臺北市：明倫出版社，1969年。

黃永武：《中國詩學——設計篇》，臺北市：巨流圖書公司，1999年。

楊家駱主編：《陶淵明詩文彙評》，臺北市：世界書局，1998年10月。

葉嘉瑩：《陶淵明飲酒詩講錄》，臺北市：桂冠圖書出版社，2000年。

廖國棟：《魏晉詠物賦研究》，臺北市：文史哲出版社，1990年。

錢鍾書：《管錐編》，臺北市：書林書局，1990年。

二　單篇論文

吳龍川：〈陶詩「歸鳥」探微〉，《清雲學報》第1期29卷，2009年1月。

侯迺慧：〈從神話到陶詩——論陶淵明詩中鳥的象徵意義〉，《法商學報》第28期，1993年8月。

陳文忠：〈闡釋史與古代風格研究——〈飲酒〉其五接受史研究〉，《文學美學與接受史研究》，安徽市：安徽人民出版社，2008年。

楊鍾其：〈陶詩「心遠」義探微——兼論陶潛之隱逸思想〉，《中國文
　　化研究所學報》第20卷，香港中文大學，1989年。
葉嘉瑩：〈陶淵明詩講錄〉，《國文天地》第89期。

第四章
宋人元宵、七夕節令詞中的占卜民俗接受

第一節　書寫動機及研究目的

　　詞體起源乃按譜而作，依調而生，其長短句式、格律、用韻規範嚴明，堪稱為「樂之文」[1]，然詞體不僅強調音律聲情，更承載諸多社會文化習尚，記錄先民生活樣貌，對此吳熊和《唐宋詞通論》云：「詞在唐宋兩代並非僅僅作為文學現象而存在。詞的產生不但需要燕樂風行這種具有時代特徵的音樂環境，它同時還牽涉到當時的社會風習、人們的社交方式、以歌舞侑酒的歌妓制度……詞的社交功能與娛樂功能，在相當長的時間內，是同它的抒情功能相伴而行的。不妨說，詞是在綜合上述複雜因素在內的歷史背景下產生的一種文學──文化現象。我們應該拓展視野，加強這方面的研究。」[2]詞體發展實與先民日常相關，詞於兩宋極為盛行，其中涉及民俗之作，可大致歸納為應歌詞、酒詞、茶詞、節序詞、壽詞等五大面向[3]，數量甚繁，研究者已多有關注。[4]古往今來，多數先民恪遵歲時節令活動，遭遇

1　（清）孔尚任〈蘅皋詞序〉云：「夫詞，乃樂之文」，見徐振貴主編：《孔尚任全集輯校註評》（濟南市：齊魯書社，2004年），頁1161。

2　吳熊和：《唐宋詞通論》（杭州市：浙江古籍出版社，1989年），頁58。

3　沈松勤：《唐宋詞社會文化學研究》（杭州市：浙江大學出版社，2000年），頁176。

4　對於兩宋節令詞之研究，可見廣重聖佐子：《宋代節令詞研究》（國立臺灣大學碩士論文，1993年）；陶子珍：《兩宋元宵詞研究》（東吳大學碩士論文，1991年）。

徬徨不定，吉凶未知時，為求心中有數，不免求諸問卦預言，因此占卜乃各民族皆熱衷之俗[5]，運用手法殊異，細加探討可窺見當代特有之民俗習尚。（南宋）張炎《詞源》一書，專列〈節序〉一節云：

> 昔人詠節序，不惟不多，附之歌喉者，類之率俗，不過為應時納祜之聲耳。所謂清明「拆桐花爛漫」、端午「梅霖初歇」、七夕「炎光謝」，若律以詞家調度，則皆未然。豈如美成〈解語花〉賦元夕……如此等妙詞頗多，不獨措辭精粹，又且見時序風物之盛，人家宴樂之同。[6]

此論品評時人所填節序詞，對柳永〈木蘭花慢〉「拆桐花爛漫」、黃裳〈喜遷鶯〉「梅霖初歇」、柳永〈二郎神〉「炎光謝」多有微詞，卻肯定周邦彥等人所作描述節令勝景，具有妙絕之處。足見兩宋詞人關注民俗，深受節令影響甚深，並針對節日活動多有描繪，各歲時節令有其活動及信仰，中華民族占卜習尚起源甚早，神秘而幽微，據許慎《說文解字》云：「占，視兆問也」、「卜，灼剝龜也，象炙龜之形。一曰象龜兆之縱橫也。」[7]古人以火燒灼龜甲，根據裂痕來預測吉凶禍福，稱之為「卜」，後來則泛稱以各類形式、物品來預測吉凶之術。如《詩經》中明確提及占卜者，包含鳥占、星占、草木占、雜占等，古法流傳占卜之術，歷時久遠，而兩宋詞篇亦多見占卜之習，所載占卜之方式甚夥，據黃杰《宋詞與民俗》一書歸納，大致可區分為

5　占卜乃運用超自然或以術數運算方法來推測未來或探究事物的神祕學活動，在中國文化中甚為常見，如卜筮、相術、占星、扶乩、求籤、測字、星命、占夢、望氣、音律、符瑞等方式。

6　（宋）張炎：《詞源》，收錄於唐圭璋編《詞話叢編》，冊1，卷下，頁263。

7　（漢）許慎編：《說文解字》（臺北市：藝文書局，1959年），頁65。

神靈卜、噴嚏卜、花草卜、鳥卜、蟲卜、龜卜、針卜、燈花卜、金錢卜、金釵卜……菖蒲卜、鏡卜等，共計十四類，所占卜之內容牽涉廣泛，藉此可窺見宋人關懷。而筆者發現部分占卜活動，特別盛行於某歲時節日，其中又以元宵、七夕之占卜活動，最為盛行。歲時節日往往可窺見先民之祭祀風俗，藉由祝禱祈求神靈庇祐，心靈得以寄託；而先民亦熱衷透過占卜，洞察神秘未來，因而可知占卜活動，充滿先民之遭遇與期待。尤以元宵、七夕兩節令進行紫姑卜、蛛絲卜，最受詞人青睞，故本文擬以此為研究範圍，藉此略窺兩宋詞人對民俗節令文化的態度，及其書寫方式，並關注所隱含的性別與社會現象。

第二節　宋詞中的元宵、紫姑卜書寫

宋代城市經濟熱絡發達，活動幾乎通宵達旦，瓦解傳統農業社會「日出而作，日落而息」之封閉模式，為詞體傳播開啟蓬勃生機。理學大行其道，及歌妓佐歌侑觴，堪稱宋代文化特殊的兩大面向。孟元老《東京夢華錄》云：「人煙浩穰，添十數萬不加多，減之不覺少；所謂花陣酒池，香山藥海，另有幽坊小巷，燕館歌樓，舉之數萬。」[8]社會經濟發展蓬勃，城市人口大幅增加，市民階層壯大，商業活動勃興，促使經濟更加繁榮，消費需求大增；夜禁解除，連宵嬉戲，直至破曉，更促進取樂風氣盛行；勾欄瓦子、酒館、茶肆林立，成為重要的文化娛樂場所，為表演者提供舞臺；雜耍技藝、說唱曲藝等活動，均盛行一時。沈括《夢溪筆談》云：「天下無事，許臣僚擇勝宴飲。當時侍從文館士大夫為燕集，以至市樓酒肆，皆供帳為游息之

8　（宋）孟元老：《東京夢華錄》，見《叢書集成初編》（北京市：中華書局，1985年），卷5，頁90。

地。」[9]文人宴飲唱酬，更是不可或缺之要事，亦為文學創作提供場所及素材。宴會場所，多見歌妓唱詞，佐歡侑觴，農曆正月十五日為元宵節，又稱上元、元夕、元夜、燈節，據（宋）洪邁《容齋隨筆》三筆卷一云：「上元張燈，《太平御覽》所載《史記》〈樂書〉曰：『漢家祀太一，以昏時祠到明。』今人正月望日夜遊觀燈，是其遺事。而今《史記》無此文。」[10]足見乃因漢人崇祀太一神[11]，後人則於此日觀賞花燈。元宵舉辦燈會活動，據（唐）張鷟《朝野僉載》云：

> 睿宗先天二年正月十五、十六夜，於京師安福門外作燈輪高二十丈，衣以錦綺，飾以金玉，燃五萬盞燈，簇之如花樹。官女千樹，衣羅綺，曳錦繡，耀珠翠，施香粉。一花冠、一巾帔皆萬錢，……於燈輪下踏歌三日夜，歡樂至極，未始有之。[12]

而宋代夜間活動多元，元宵繁盛之景，更是不亞於唐代，（宋）孟元老《東京夢華錄》、吳自牧《夢粱錄》皆有詳載，後者云：

> 家家燈火，處處管絃，如清河坊蔣檢閱家，奇茶異湯，隨索隨應，點月色大泡燈，光輝滿屋，過者莫不駐足而觀。……各以竹竿出燈毬於半空，遠覩若飛星；又有深坊小巷，繡額珠巧，製新裝競誇華麗……玉漏頻催，金雞屢唱，興猶未已。甚至飲

9　（宋）沈括：《夢溪筆談》（北京市：中華書局，1985年），卷9，頁65。

10　（宋）洪邁：《容齋隨筆》（臺北市：臺灣商務印書館，1956年），頁78。

11　關於「太一」之說，流傳久遠，傳世典籍紀載內容紛雜，筆者就其意涵大致區別為哲學性之宇宙本體、宗教性之崇高天神、天文性之星座名、地理性之終南山別名等四大類。

12　（唐）張鷟：《朝野僉載》（西安市：陝西人民文學出版社，2007年）。

酒醺醺，倩人扶著，墮翠遺簪，難以枚舉，至十六夜收燈，舞
隊方散。[13]

可見徹夜為樂，張燈結綵，遊人如織，已可窺見宋代城市經濟活動繁
華，熱鬧非凡。兩宋詞論及元宵者甚夥，研究者已可見陶子珍《兩宋
元宵詞研究》[14]，作者分別就兩宋元宵詞所反映之習尚，細膩分析其
內容與書寫技巧，自有見地，更可藉由宋詞窺見元宵佳節火樹銀花，
街市繁華，遊人錦衣麗飾，競相奢華，可說是宋代元宵活動的經典畫
面。此外，先民習於重要年歲中進行祈禱祝願，就兩宋詞篇進行查
考，可發現元宵祭祀活動盛行，計有天官、蠶神、床神、紫姑等神靈
接受崇祀，並進行占卜，尤以紫姑最受推崇，茲探析如次：

一　紫姑形象遞變

紫姑別稱甚為繁多，據王毓榮《荊楚歲時記校注》注釋云：「紫
姑，中國神話中的廁神名，亦作子姑、坑三姑、七姑娘、門角姑娘、
廁姑、筲箕姑娘、籮頭姑娘、針姑娘、葦姑娘、茅草姑娘、瓢姑娘
神……等，雖然名稱眾多，且不一定指紫姑甘居於茅廁之間，但這些
皆是俗名，這些俗名，或因裝擂扎紫姑的物品，或因迎接的地方，隨
便起名，但由這些異名，而追溯其始，莫不由紫姑演化，……」[15]。
對於紫姑紀載，現以南朝（宋）劉敬叔《異苑》載最早，該書云：
「世有紫姑神，古來相傳云是人家妾，為大婦所妒，每以穢事相役，

13　（宋）吳自牧：《夢粱錄》，收錄於《風土志叢刊》（揚州市：廣陵書社，2003年），
　　冊46，卷1，頁4。
14　陶子珍：《兩宋元宵詞研究》（臺北市：東吳大學中國文學系碩士論文，1991年）。
15　王毓榮：《荊楚歲時記校注》（臺北市：文津出版社，1988年），頁86。

正月十五日感激而死，故世人以其日作其形，夜於廁間或猪欄邊迎
之，祝曰：『子胥不在，曹姑亦歸（曹即其大婦也），小姑可出！』」[16]
（南朝・宋）《齊諧記》載：「正月半，……其夕則迎紫姑以卜。」[17]
此時期紫姑傳說已然成形，故推測此神靈信仰應早於南朝，並已帶有
民間色彩。而（唐）佚名《顯異錄》所載，與《異苑》之說，略有出
入，云：

> 紫姑，蔡陽人，姓何名媚，字麗卿，壽陽李景納為妾，其妻妒
> 之，正月十五陰殺於廁中。天帝憫之，命為廁神，故世人作其
> 形，夜於廁中迎祀，以占眾事，俗呼為三姑。[18]

唐代已可見紫姑姓名，《異苑》提及紫姑氣憤而亡，《顯異錄》則認為
是李景之妻妒殺之，可見此傳說已有出入。紫姑信仰流傳於民間甚為
久遠，流行地域甚為廣泛，據崔小敬、許外芳〈紫姑信仰考〉一文，
認為紫姑信仰流行於江左一帶。[19]對於紫姑所具有的神力，《異苑》
云：「戲投者覺重，便是神來，奠設酒果，……能占眾事，卜未來蠶
桑，又善射鈎。好則大舞，惡即仰眠。……」[20]（南朝梁）宗懍《荊
楚歲時記》亦載：「正月十五日，……其夕迎紫姑，以卜將來蠶桑，
並占眾事。」[21]足見紫姑可占知蠶桑及未來之事，因而廣泛流行於民
間信仰之中，其形象甚為多元，據蘇軾〈少年遊〉詞序所云：「每歲

16　（南朝宋）劉敬叔：《異苑》，收錄於《筆記小說大觀》十編，卷5，頁40。

17　（南朝宋）東陽：《齊諧記》，收錄於《筆記小說大觀》（1985年），頁55。

18　（唐）佚名：《顯異錄》（臺北市：藝文印書館，1962年），頁69。

19　崔小敬、許外芳：〈紫姑信仰考〉，《世界宗教研究》，頁36。

20　（南朝宋）劉敬叔：《異苑》，收錄於《筆記小說大觀》十編，卷5，頁40。

21　（南朝）宗懍撰、王毓榮校注：《荊楚歲時記校注》（臺北市：文津出版社，1988
　　年），頁83。

正月迎紫姑，以箕為腹，箸為口，畫灰盤中，為詩敏捷，立成。」[22]
胡樸安《中華全國風俗志》亦云：

> 閨中婦女，每於新年迎接姑姑神，取廚中水瓢一只，上縛一竹
> 筷，兩人以手托之，口中祝詞畢，瓢上竹筷即能寫字，家人可
> 卜休咎，如小孩索糕餅時，瓢能轉動竹筷，與案中供品贈之。[23]

民間多為婦女迎請紫姑（即上述姑姑神），所用工具為水瓢和竹筷；
迎紫姑活動，至明仍可見之，據劉侗《帝京景物略》云：「婦女束草
人、紙粉面、手帕衫裙，號稱姑娘；兩童女掖之，祀以馬糞、打鼓、
歌馬糞薌歌，三祝神則躍躍……」[24]足見紫姑形象大不相同，而傳說
亦經時空流轉而與其他故事產生合流，據陶子珍《兩宋元宵詞研究》
一書提及：「迎紫姑的習俗流傳久遠，在經過環境的變遷，與時代的
歷鍊後，有與類似的故事發生合流的現象，也有從其本身演化出相關
傳說的情況，因而產生了戚姑、七姑娘、箕姑、鍼姑、灰堆婆婆、鱉
姑娘、淘籮頭婆子、瓢姑姑、冬生娘、關三姑等名目繁多，實則類似
的傳說習俗。」[25]足見紫姑信仰歷時久遠，研究紫姑者，探討巫術與
扶乩者最繁多[26]，以及溯源形象及故事流變者[27]，與其他民間信仰傳說

---

22 唐圭璋編：《全宋詞》，北京市：中華書局，1998年11月。
23 胡樸安：《中華全國風俗志》（臺北市：文海書局，1968年），下篇卷6，頁24。
24 （明）劉侗：《帝京景物略》（臺北市：廣文書局，1969年），卷2，頁33。
25 陶子珍：《兩宋元宵詞研究》（臺北市：東吳大學碩士論文），頁21。
26 如許地山：《扶乩迷信的研究》，北京市：商務印書館，2004年；柏松：〈紫姑傳說
　　中的巫術意義〉，《西南師範大學學報》（人文社會科學版）第29卷21期（2003年1
　　月），頁152-156；陳素主：〈從巫術到遊戲——臺灣關三姑研究〉，收錄於《臺灣民
　　間文學學術研討會暨說唱傳承表演論文集》（臺南市：國家臺灣文學館，2004年），
　　頁143-168。
27 如謝明勳：〈紫姑故事流變析論——以文獻資料考察為主〉，《通俗文化與雅正文學

互相融攝變化之現象，更使紫姑信仰帶有更多生動有趣的探索空間。

二　兩宋詞人卜求紫姑之事

　　據《中國傳統節日》一書云：「紫姑的神像有三種形式：一種是草扎的，另一種是以掃帚穿衣而成，第三種是紫姑畫像。祭祀紫姑是婦女的專職，目的是占卜、求吉、祈求當年蠶業豐收。」[28]可知紫姑信仰與婦女關係較為密切，但據兩宋詞篇進行查考，發現不少涉及紫姑信仰之詞，多出自男子之手。兩宋詞篇創作蔚為風尚，與流行於民間源遠流長之故事交融，相互激盪後遞變。填詞創作以應景、唱酬，形成了不少的節令詞篇，後世詞選亦頗關注此特性，據南宋時期流行的坊間選本《草堂詩餘》，亦別列節序類，分元宵、立春、寒食、上巳、清明、端午、七夕、中秋、重陽、除夕等子目，方便依照特殊節令選作來演唱，亦可窺見兩宋詞篇與節令活動結合的緊密程度。元宵節為重要節日，據黃杰《宋詞與民俗》一書之歸納，《全宋詞》中的節令詞共計有一四○六首，其中元宵詞高達三百三十首[29]，堪稱各節令詞之冠，其中多涉及元宵祭祀、占卜、娛樂、節食等面向，又以占卜最能呈現兩宋詞人纏繞擾攘之心緒，其中不乏大家所作，如歐陽脩

　　第一屆全國學術研討會》（臺中市：中興大學中國文學系，2001年），頁367-394。潘承玉〈瀆穢廁神與窈窕女仙──紫姑神話文化意蘊發微〉，《紹興文理學院學報》第20卷4期（2000年12月），頁40-44。田祖海：〈論紫姑神的原型與類型〉，《湖北大學學報》（哲學社會科學版），1997年第1期，頁42-46。趙修霈：〈宋代紫姑的女仙化及才女化〉，《漢學研究集刊》2008年12月，頁69-94。

28　宋兆麟、李露露：《中國傳統節日》（臺北市：世界書局，2010年），頁39。

29　參見黃杰撰《宋詞與民俗》一書之統計，「《全宋詞》中的節令詞計有一四○六首，涉及從元旦到除夕的二十四種節日，居前五名的依次是元宵詞三百三十首，重陽詞二百七十七首，中秋詞二百一十詞，七夕詞一三三首，端午節八十九首。」（北京市：商務印書館，2007年）頁20。

〈驀山溪〉：

> 新正初破。三五銀蟾滿。纖手染香羅，剪紅蓮、滿城開遍。樓
> 臺上下，歌管咽春風，駕香輪，停寶馬，只待金烏晚。　　帝
> 城今夜，羅綺誰為伴。應下紫姑神，問歸期、相思望斷。天涯
> 情緒，對酒且開顏，春宵短。春寒淺。莫待金杯暖。[30]

歐詞首句標明時序，正月十五日月色清皎，街道繁華，但作者情懷並
不在賞觀燈景，反而心繫歸期，望月懷遠，因此希望卜問紫姑神聊寄
懷抱，此思考與民間詢問農家蠶桑之事迥異，可謂為文人懷抱之寓
寄；另有胡浩然〈萬年歡・上元〉「燈月交光，漸輕風布暖，先到南
國。羅綺嬌容，十里絳籠燭。花豔驚郎醉目。有多少、佳人如玉。春
衫袂，整整齊齊，內家新樣妝束。　　歡情未足。更闌謾勾率舊恨，
縈亂心曲。悵望歸期，應是紫姑頻卜。暗想雙眉對蹙。斷絃待、鸞膠
重續。休迷戀，野草閒花，鳳簫人在金谷。」[31]亦是懷抱思歸之情，
以歡景反襯愁懷，歐陽脩、胡浩然兩人皆涉及紫姑傳說，抒發心中鬱
悶，描繪上元夜景，筆法細膩，翻翻生動，充分彰顯宋代城市繁華之
景；另有王千秋〈生查子〉「春江波面渾，春岸蘆芽嫩。不見木蘭
舟，羞帶駢枝杏。　　輕綃搵淚痕，急雨衝花陣。暗禱紫姑神，覓個
巴陵信。」[32]王氏所作，與上述元宵迎紫姑，占卜歸期之思考，並不
相同，隱約帶有別離之思，而楊無咎〈踏莎行〉「燈月交光，笙簧遞
響。繁華依舊昇平樣。心期休卜紫姑神，文章曾照青藜杖。　　歌落
梁塵，酒搖鱗浪。暫還南國同邀賞。明年侍輦向端門，卻瞻日表青霄

30　參見《全宋詞》（北京市：中華書局，1998年），冊1，頁142。
31　參見《全宋詞》（北京市：中華書局，1998年），冊5，頁3536。
32　參見《全宋詞》（北京市：中華書局，1998年），冊3，頁1470。

上。」[33]楊氏所作，亦是標舉紫姑占卜之能，而朱敦儒〈好事近〉較為特別，詞云：

> 春雨細如塵，樓外柳絲黃溼。風約繡簾斜去，透窗紗寒碧。
> 　美人慵翦上元燈，彈淚倚瑤瑟。卻上紫姑香火，問遼東消息。[34]

朱敦儒詞風曠達豪放，有詞集《樵歌》三卷，用詞精練，語句清麗，此詞上片述景，筆法細膩，下片提及元宵燈節，美人愁緒縈懷，末二句「卻上紫姑香火，問遼東消息」，則盼望紫姑指點，得知情人消息，但此詞顯然非僅侷限於字面意義，或許兼具南渡詞人心繫故國家園之思；另有洪适〈南歌子·示裴弟〉「強作千年調，難踰五度春。脊令繼踵漫相循。休要關心藥裏、也局門。蕙帳銀杯化，紗窗翠黛顰。燒香試問紫姑神。一歲四并三樂、幾多人。」[35]劉克莊〈滿江紅〉「糝徑紅裀，莫要放、兒童拋礫。知渠是、仙家變幻，佛家空色。青女無端工翦綵，紫姑有祟曾迷赤。但雙雙、戲蝶繞空枝，飛還息。鯨量減，駒陰急。芳事過，餘情惜。漫新腔窈渺，奏雲和瑟。飄蕩隨他紅葉水，蕭條化作青蕪國。憶橋邊、池上共攀翻，空留跡。」[36]亦提及祭祀卜問紫姑。據（宋）沈括《夢溪筆談》卷二十一載，可對上述二詞內容有所了解：

> 世傳正月望夜迎廁神，謂之紫姑；亦不必正月，常時皆可召。

---

33 參見《全宋詞》（北京市：中華書局，1998年），冊2，頁1198。
34 參見《全宋詞》（北京市：中華書局，1998年），冊1，頁853。
35 參見《全宋詞》（北京市：中華書局，1998年），冊2，頁1385。
36 參見《全宋詞》（北京市：中華書局，1998年），冊4，頁2617。

　　予幼於見小兒輩等閒兒召之，以為嬉笑。[37]

可知舊時迎請紫姑神，並非限定於正月十五日，但就筆者歸納兩宋詞篇，除部分詞之題序明言「上元」外，其餘作品內容多涉及元宵燈景、遊覽勝景之描寫，可窺見兩宋詞人多將紫姑信仰，視為元宵節重要活動。（宋）朱彧《萍洲可談》卷三云：「古傳紫姑神，近世尤甚，……。嘗觀其下神用兩手扶一筲頭插一箸，畫灰盤作字加筆於箸上，則能寫紙與人應答。自稱蓬萊大仙，多女子也。」[38]就此可知，宋代紫姑信仰盛行，尤以士人最多，原因乃在於紫姑由廁神可扶乩問卜，在文人筆下遞變為可吟詩賦文，頗帶有風雅之氣的女神。

第三節　七夕蛛絲卜巧

　　農曆七月七日，俗稱七夕，又稱乞巧節、女兒節，是中華民俗的重要傳統節日，因牛郎織女相會，而蘊含著浪漫氣息。七夕活動起源甚早，自《詩經》〈小雅〉已提及牽牛、織女雙星，後亦發展成浪漫愛情故事，此傳說帶有震撼人心的感人魅力。宋代七夕乞巧活動風行，據（宋）羅燁、金盈之《醉翁談錄》云：

　　　　七夕，潘樓前買賣乞巧物。自七月一日，車馬嗔咽，至七夕前
　　　　三日，車馬不通行，相次壅遏，不復得出，至夜方散。[39]

街道繁華，乞巧物品充斥於市，可彰顯七夕之景；另有一特殊活動，

37　（宋）沈括：《夢溪筆談》，收錄於《筆記小說大觀》，卷21，頁371。
38　（宋）朱彧：《萍洲可談》，收錄於《筆記小說大觀》，卷3，頁1690。
39　（宋）羅燁、金盈之：《醉翁談錄》（出版地不詳）。

即蛛網占卜，據《西京雜記》卷三載漢代陸賈及樊噲之語云：「乾鵲噪而行人至，蜘蛛集而百事喜。」[40]可知蜘蛛乃祥瑞之物；漢代焦贛《焦氏易林》卷十六亦云：「蜘蛛作網，以伺行旅。」[41]據《爾雅》〈釋蟲〉：「蠨蛸，長踦」，郭璞注：「小蜘蛛長腳者，俗稱『喜子』」[42]，而（三國）陸璣《毛詩草木鳥獸蟲魚疏》〈蠨蛸在戶〉：「蠨蛸，長踦，一名長腳，荊州河內人謂之喜母，此蟲來著人衣，當有親客至，有喜也。」[43]古人以為蜘蛛為吉祥之物，亦常用於占卜。此習俗據《說郛》載唐代之事：

> 帝與貴妃，每至七月七日夜，在華清宮遊宴時，宮女輩陳香花酒饌，列於庭中，求恩於牽牛織女星也。又各捉蜘蛛於小盒中，至曉開視蛛網稀密，以為得巧之候，密者言巧多，稀者言巧少，民間亦效之。[44]

足見唐代已有蛛絲卜巧活動，至宋代極為盛行，據（宋）孟元老《東京夢華錄》卷八云：

> 婦女望月穿針，或以小蜘蛛安盒子內，次日看之，若網圓正，

40 （漢）劉歆：《西京雜記》（臺北市：臺灣商務印書館，1979年），卷3，頁56。

41 焦贛：《焦氏易林》，收錄於任繼愈，傅璇琮總主編《文津閣四庫全書》（北京市：商務印書館，2005年），子部，冊267，卷16。

42 《爾雅》，收錄於任繼愈，傅璇琮總主編：《文津閣四庫全書》（北京市：商務印書館，2005年），經部，冊76。

43 （三國）陸璣：《毛詩草木鳥獸蟲魚疏》，收錄於任繼愈，傅璇琮總主編：《文津閣四庫全書》（北京市：商務印書館，2005年），經部，冊23，頁521。

44 （明）陶宗儀：《說郛》，收錄於任繼愈，傅璇琮總主編：《文津閣四庫全書》（北京市：商務印書館，2005年），子部，冊290，卷52上。

　　　　謂之得巧。[45]

蜘蛛又稱喜母、喜子、喜蛛，兩宋時期於七夕夜晚進行蛛絲占卜之活
動極為盛行，詞篇描寫此活動者數量甚夥，如：

　　　　銀漢橋成烏鵲喜，金奩絲巧蜘蛛吐。（京鏜〈滿江紅〉）
　　　　寶奩深夜結蛛絲，紅五孔、金針不寐。（石延年〈鵲橋仙・七
　　　　夕詞〉）[46]

「金奩」、「寶奩」為梳妝鏡匣之美稱，置蜘蛛於此，次日見其網，就
京鏜「銀漢橋成烏鵲喜」之句，石延年詞序〈七夕詞〉，配合上下詞
意，皆可窺見蛛絲卜巧為七夕重要活動；而七夕尚有月下穿針乞巧之
事，據（漢）劉歆《西京雜記》卷一載：「漢綵女常以七月七日穿七
孔針於開襟樓，俱以習之。」[47]漢代此習延續至兩宋，（宋）金盈之
《醉翁談錄》卷四云：「是夜婦女以七孔針於月下穿之。」七夕時，
婦女將綵線穿針，用以乞巧，故石氏之詞提及蛛絲，亦關注五孔金
針，皆為七夕重要活動。而歐陽脩〈漁家傲〉亦頗有七夕之趣：

　　　　乞巧樓頭雲幔卷。浮花催洗嚴妝面。花上蛛絲尋得遍。顰笑
　　　　淺。雙眸望月牽紅線。　　　奕奕天河光不斷。有人正在長生
　　　　殿。暗付金釵清夜半。千秋願。年年此會長相見。

歐陽脩以〈漁家傲〉此一詞牌，填寫一至十二月組詞，呈現各月特

45　（宋）孟元老：《東京夢華錄》（北京市：中華書局，1985年），卷8，頁52。
46　參見《全宋詞》，頁1846。
47　（漢）劉歆：《西京雜記》（臺北市：臺灣商務印書館，1979年），卷1，頁50。

色,而此詞似以女子身分進行思考,與「喜鵲填河」、「別恨長長」兩闋為聯章詞;而王之道〈七夕〉:「斷虹霽雨,餘霞送日,簾捲西樓月上。銀河風靜夜無波,天亦為、雲軿相訪。　蛛絲有恨,鵲橋何處,回首又成惆悵。長江滾滾向東流,寫不盡、別離情狀。」[48]此處歐陽脩、王之道兩人所論之「蛛絲」,顯然已非傳統習俗中的蛛絲占卜,而是傳統習俗的遺跡,加以轉化而成七夕的重要象徵,用以抒發離愁別恨。而史浩〈瑞鶴仙〉:「霽天風露好。乍暑退西郊,涼生秋早。銀潢炯雲杪。擁香車鵲翅,淩波初到。清歌縹緲。憑危閣、新蟾吐曜。有盈尊美酒,蛛絲鈿合,拜舞競分天巧。　堪笑。世間癡絕,不識人中,拙是珍寶。多愁易老。都緣是,不聞道。騁些兒機智,遭他驅使,畢竟辛勤到了。又何如,百事無能,是非較少。」[49]上片書寫初秋景致,「新蟾吐曜」即新月發出光輝,盛宴美酒,遊人活動熱絡;下片「拙是珍寶」一句,應是言「守拙」為上,顯然是針對七夕蛛絲乞巧活動,有感而發。洪适〈生查子〉:「七月到盤洲,枕簟新涼早。岸曲側黃葵,沙際排紅蓼。　團團歌扇疏,整整鑪煙裊。環坐待橫參,要乞蛛絲巧。」[50]則寫出客居他鄉,七夕所見之景,蛛絲卜巧活動盛行;另有盧祖皋〈木蘭花慢〉:

> 汀蓮凋晚豔,又蘋末、起秋風。漫搔首徐吟,微雲河漢,疏雨梧桐。飄零倦尋酒琖,記那回、歌管小樓中。玉果蛛絲暗卜,鈿釵蟬鬢輕籠。　吳雲別後重重。涼宴幾時同。縱人間信有,犀靈鵲喜,密意難通。雙星分攜最苦,念經年、猶有一相逢。寂寞橋邊舊月,可堪頻照西東。[51]

---

48 參見《全宋詞》(北京市:中華書局,1998年),冊1,頁131。
49 參見《全宋詞》(北京市:中華書局,1998年),冊2,頁1153。
50 參見《全宋詞》(北京市:中華書局,1998年),冊2,頁1368。
51 參見《全宋詞》(北京市:中華書局,1998年),冊4,頁2404。

翁元龍〈鵲橋仙・巧夕〉：

> 天長地久，風流雲散，惟有離情無算。從分金鏡不成圓，到此
> 夜、年年一半。　　輕羅暗網，蛛絲得意，多似妝樓針線。曉
> 看玉砌淡無痕，但吹落、梧桐幾片。[52]

上述兩人所作涉及離愁，寫來各有一番滋味，但多涉及七夕活動熱絡
之景，反襯出離情傷感；而黃機〈更漏子〉：「秋點長，秋夢短。怕見
黃昏庭院。風窸窣，雨蕭騷。倚窗魂欲銷。　　候蛛絲，占鵲喜。依
舊濃愁一紙。紅袖皺，翠鈿薆。淚痕猶未乾。」[53]黃機愁緒更加濃烈，
上片點出季節風景，「風窸窣，雨蕭騷」皆屬哀景，末句「倚窗魂欲
銷」則引出詞人愁緒縈懷，失落惆悵之狀；下片「候蛛絲，占鵲喜」
為七夕活動，帶有熱鬧之情，但詞人依舊帶有濃愁，下片末句「淚痕
猶未乾」，情感最為直白，上片以哀景烘托低落情緒，下片則以熱鬧
之景反襯愁緒，更顯動人。而趙師俠〈鵲橋仙・丁巳七夕〉：「明河風
細，鵲橋雲淡，秋入庭梧先墜。摩孩羅荷葉傘兒輕，總排列、雙雙對
對。　　花瓜應節，蛛絲卜巧，望月穿針樓外。不知誰見女牛忙，謾
多少、人間歡會。」[54]則以細膩筆法，上片著重自然之景，下片則以
七夕活動為主，可呈現七夕盛況；而黃機另有〈滿江紅〉：

> 呀鼓聲中，又妝點、千紅萬綠。春試手，銀花影爍，雪梅香馥。
> 歸夢不知家近遠，飛帆正掛天西北。記年時、歌舞綺羅叢，憑
> 誰續。　　煙水迴，雲山簇。勞悵望，傷追逐。把蛛絲鵲喜，

---

52 參見《全宋詞》（北京市：中華書局，1998年），冊4，頁2942。
53 參見《全宋詞》（北京市：中華書局，1998年），冊4，頁2528。
54 參見《全宋詞》（北京市：中華書局，1998年），冊3，頁2072。

意□占卜。月正圓時羞獨照，夜偏長處憐孤宿。悔從前、輕被
利名牽，征塵撲。[55]

上片著重描寫七夕之景，下片則抒發感慨，末幾句「悔從前、輕被利
名牽，征塵撲」更帶有濃烈追悔之意。另有趙長卿〈菩薩蠻・七夕〉
云：

綺樓小小穿針女。秋光點點蛛絲雨。今夕是何宵。龍車烏鵲橋。
經年謀一笑，豈解令人巧。不用問如何。人間巧更多。[56]

李薦〈七夕・某觀晉漢以來七夕詩數百篇，皆用俗說。某以為牛女之
會不然，故作此詩〉詩：

……我欲賜新巧，智術妙通微。金針度綵縷，寶奩卜蛛絲。我
嗟兒女愚，勤勞徒爾為。巧拙天所賦，乞憐真可嗤。……

足見趙長卿、李薦各針對七夕乞巧之事，有感而發，如「不用問如
何。人間巧更多」、「巧拙天所賦，乞憐真可嗤」，足見宋代文人除了
取用民俗活動為創作材料之外，亦提出個人看法，其思考顯然與世俗
思考不同。

第四節　兩宋占卜詞之關懷

藉由兩宋節令詞之類別，如除夕詞、元宵詞、上巳詞、端午詞、

---

55 參見《全宋詞》（北京市：中華書局，1998年），冊4，頁2528。
56 參見《全宋詞》（北京市：中華書局，1998年），冊3，頁1769。

七夕詞、中秋詞、重陽詞等，所展現的不僅是寫作題材的差別，更突顯出宋詞與當代社會文化密不可分，可見社會民俗乃培育宋詞之沃壤。故本文就兩宋元宵、七夕節令詞所取用之占卜材料，進行探析，可歸納出下列幾個特殊面向如次：

一　兩宋詞篇融入民間信仰

藉由《異苑》可知，南朝時期已可見紫姑信仰，但當代文人創作尚未關注於此，直至唐代除熊孺登、李商隱、皮日休曾用紫姑典故[57]，仍屬少數，可窺見紫姑、蛛絲占卜之俗，尚未普遍出現於文學作品中；但就兩宋詩詞作品進行查考，可見紫姑儼然成為文人書寫的重要題材，宋詩以陸游、梅堯臣所作為夥[58]，而宋詞提及紫姑占卜者，計有歐陽脩、朱敦儒、楊無咎、洪适、王千秋、劉克莊、李昴英、胡浩然等人，較之宋詩，顯然數量大增，足見詞篇較之詩篇，更能貼近社會民間，保留較豐富的民俗材料。

57　經檢索《全唐詩》，知用紫姑典故者有三人，分別為熊孺登〈正月十五日〉「深夜行歌聲絕後，紫姑神下月蒼蒼。」（卷476）李商隱用紫姑典故之處有三，分別為〈聖女祠〉「消息期青雀，逢迎異紫姑」（卷540）、〈昨日〉「昨日紫姑神去也，今朝青鳥使來賒。」（卷540）、〈正月十五夜聞京有燈恨不得觀〉「身閒不睹中興盛，羞逐鄉人賽紫姑。」（卷541）皮日休用紫姑典故有二，分別為〈公齋四詠：新竹〉「儼若青帝仗，蠢如紫姑屏」（卷609）、〈太湖詩二十章：聖姑廟〉「常云三五夕，盡會妍神侶。月下留紫姑，霜中召青女。」（卷610）

58　經檢索《全宋詩》，知用紫姑典故者有二人，分別為陸游〈無題〉「迎得紫姑占近信，裁成白紵寄征衣」、〈軍中雜歌〉「征人樓上看太白，思婦城南迎紫姑」、〈古別離〉「紫姑吉語元無據，況憑瓦兆占歸日」、〈初春〉「紫姑欲問還休去，身世從來心自知」、〈初春〉「紫姑擬卜元無事，只問今春幾醉眠」、〈箕卜〉「孟春百草靈，古俗迎紫姑」、〈新歲〉「載糗送窮鬼，扶箕迎紫姑」、〈今年開歲三日上元三夕立春人日皆大晴〉「天心只向人心卜，不用慇勤問紫姑」；梅堯臣〈聞曼叔腹疾走筆為戲〉「每為青蠅喧，似與紫姑喜」、〈又和〉「康莊咫尺有千山，欲問紫姑應已還」。

二 民間信仰提供精神出口

黃杰《宋詞與民俗》一書，就兩宋詞篇涉及民俗者進行歸納，其中又可分為節序、禮儀、花卉、宴飲等部分，所涉及之詞篇眾多，足見民俗文化深受文人關注，且成為宋詞中的重要題材，而紫姑信仰及其占眾事之能，亦於兩宋詞人眼中作為排憂遣懷，紓解悶鬱的出口。相較於民間著重祭祀紫姑以求卜知蠶桑豐年，宋代詞人對紫姑神的推崇，則帶有排遣離愁別緒的作用。藉此可窺見民間信仰所具有的安慰力量。

三 文人敘寫筆法精緻細膩

兩宋詞人擅長寫景、述情，筆法工巧，情致動人，如陳師道〈菩薩蠻・七夕〉「行雲過盡星河爛。爐煙未斷蛛絲滿。想得兩眉顰。停針憶遠人。　河橋知有路。不解留郎住。天上隔年期。人間長別離。」[59]又如「綺樓小小穿針女。秋光點點蛛絲雨。今夕是何宵。龍車烏鵲橋。　經年謀一笑。豈解令人巧。不用問如何。人間巧更多。」[60]足見民俗活動作為兩宋詞人創作的重要題材，遣詞用字皆可見文人之才學，透過文人如何變化運用，與自身情感交融，並結合當時景致，可窺見其情景交融、筆觸細膩。

四 占卜習俗因時遞變轉化

據喬繼堂《中國歲時禮儀》一書云：「就歲時禮儀而言，絕大多

---

59 參見《全宋詞》（北京市：中華書局，1998年），冊1，頁584。
60 參見《全宋詞》（北京市：中華書局，1998年），冊1，頁584。

數的儀注都是以民間信仰作基礎的，……在某些民間信仰漸漸失去其光澤的時候，賴此而存在的信仰往往也就失去了市場……應該注意的是，一些本來以民俗信仰為基礎的儀注並未隨著信仰的消失而消失，而是存在至今，其原因在於這種儀注經歷了功能轉換，對人們產生新的價值，或者找到了新的存在基礎。」[61]透過上述詞篇進行探討，可窺見兩宋詞人對於元宵紫姑卜及七夕蛛絲卜之看法，與前人略有不同。傳統文化對於紫姑信仰，多半著重其能占蠶桑及眾事之能力，但兩宋詞人則用以排遣愁緒；另針對七夕蛛絲卜，亦非著重卜得巧拙與否，而是將其視為七夕重要活動之一，可窺見各時代民俗觀念之差異。

第五節　結語

古往今來，先民依據歲時節令過生活，循環往復，其中帶有不少變化與消長，因而節令活動所具有的影響早已深入日常生活之中，亦左右人們的精神思考，並可作為文學創作的重要題材。透過兩宋詞人描寫元宵紫姑卜，以及七夕蛛絲卜，可窺見文人之關注與民間略有不同，傳統紫姑信仰者多半以婦女為主，宋詞中則多以男子觀點進行描寫，視角亦不相同；而民俗活動中蛛絲卜用於測知未來，但宋詞中則多將此類占卜視為節令中的重要活動，並未著重卜算結果。透過兩宋詞人所關注的紫姑卜、蛛絲卜，可知兩宋詞篇融合民俗信仰之處，而民間信仰所提供的精神安慰，亦在詞人作品中比比皆是，應而可說宋詞貼近民間生活，亦將民俗與文學巧妙融合為一。

本文發表於《大同學報》第36期，本人依審查者所提寶貴建議逐一修改，並在此致上最誠摯的感謝。

---

61 喬繼堂：《中國歲時禮儀》（天津市：天津人民文學出版社，1992年2月），頁10。

參考書目

（漢）許　慎編：《說文解字》，臺北市：藝文書局，1959年。

（唐）張　鷟：《朝野僉載》，西安市：陝西人民文學出版社，2007年。

（宋）洪　邁：《容齋隨筆》，臺北市：臺灣商務印書館，1956年。

（宋）孟元老：《東京夢華錄》，見《叢書集成初編》，北京市：中華書局，1985年。

（宋）沈　括：《夢溪筆談》，北京市：中華書局，1985年。

（宋）吳自牧：《夢粱錄》，揚州市：廣陵書社，2003年。

吳熊和：《唐宋詞通論》，杭州市：浙江古籍出版社，1989年。

沈松勤：《唐宋詞社會文化學研究》，杭州市：浙江大學出版社，2000年。

徐振貴主編：《孔尚任全集輯校註評》，濟南市：齊魯書社，2004年。

第五章
歷代對黃庭堅詞之接受考察
──以和韻作品為例

第一節　書寫動機及研究目的

　　近數十年來，學界湧動幾波「接受史」的研究熱潮，臺灣詞學界亦風行之。吳梅《詞學通論》云：「論詞至趙宋，可云家懷隋珠，人抱和璧，盛極難繼者矣！」[1]就研究成果觀之，確實仍以兩宋名詞家最受青睞，一系列接受史學位論文，均深受西方「接受美學理論」[2]所啟示，側重讀者視角；傳統文學史論著墨作家生平與創作心緒，解析文本深切旨意，卻忽略讀者們歷經時空疏隔及身世遭遇而體會迥異。傳統研究者依文體特質及其風格屬性選取材料，截取式地對作品本文與作家進行闡述，足見傳統文學史作者論斷將引領讀者，而影響文人之歷史定位。但「一部文學作品，並不是一個自身獨立、向每一個時代的每一個讀者均提供同樣觀點的客體。」[3]若以接受視角思

1　吳梅：《詞學通論》（上海市：上海古籍出版社，2006年），頁46。

2　二十世紀六〇年代末、七〇年代初期在聯邦德國出現新的文學思潮，以姚斯和伊塞爾為代表的康斯坦茨學派，對傳統思考提出看法，轉而確立以讀者為中心的美學理論，使文學研究產生根本性變化，亦為文學研究領域，提供多元視角。透過西方接受理論啟示，以接受史的視角加以察考，研究者漸漸注意到傳統文學將作家、作品，隨個人主觀意識，任意切割、分類，恐有所疏漏。

3　（德）姚斯認為：「在這個作者、作品和大眾的三角形之中，大眾並不是被動的部分，並不僅僅作為一種反應，相反，他自身就是歷史的一個能動的構成。一部文學作品的歷史生命如果沒有接受者的積極參與是不可思議的。因為只有通過讀者的傳遞過程，作品才能進入一種連續性變化的經驗視野」。（德）姚斯、（美）霍拉勃著、周寧等譯：《接受美學與接受理論》（瀋陽市：遼寧人民出版社，1987年），頁24。

考，則必須分析相對足夠之詞學資料，方能言而有據，不致偏視。欲
具體掌握研究材料，王師偉勇主張宜自十大面向掌握：

> 一曰他人和韻之作，二曰他人仿擬之作，三曰詩話，四曰筆
> 記，五曰詞籍（集）序跋，六曰詞話，七曰論詞長短句，八曰
> 論詞詩，九曰評點資料，十曰詞選。[4]

西方接受美學理論強調讀者視角，詞人、詞作始終置於讀者觀照脈絡
之中，從未消逝，經由評騭鑑賞、編選入集等方式，固可窺見接受態
度，但閱覽後即藉此另行創作，相較之下則更進一層。王國維《人間
詞話》云：「最工之文學，非徒善創，亦且善因。」[5]「善因」乃是精
擅模仿、借鑑，或以各類手法襲用、仿擬（包含效、擬、改、作、
借）、集句（包含整引、截取、增損、化用、櫽括）等，亦可視為接
受之一環，卻多被視為佐證資料，探討者零星。[6]經本文實際查考，
歷代和黃庭堅詞韻者厥有以下兩大類型：一為相近時代，黃庭堅與師
友間相互酬唱；二為跨越時空，後世對黃庭堅詞之追和。前者彼此唱
和酬贈，可見互動頻繁；後代追隨唱和者愈夥，則愈可突顯影響力。

4　王偉勇：《清代論詞絕句初編》（臺北市：里仁書局，2010年），頁1。

5　王國維撰、施議對譯注：《人間詞話譯注》（臺北市：貫雅出版社，1995年），頁447。

6　就筆者實際統計，有幾大面向：其一，總論歷代者：劉尊明：〈歷代詞人次韻辛棄
　　疾詞的定量分析〉，發表於《黃岡師範學院學報》2010年2月第1期、〈歷代詞人次韻
　　蘇軾詞的定量分析〉，發表於《深圳大學學報》2010年27卷3期。其二，專論宋金元
　　人和唐宋詞者：徐勝利：〈和韻：宋詞的創作方法之一〉，發表於《湖北職業技術學
　　院學報》第7卷第4期，2004年12月；其三，專論明人和唐宋詞者，計有三篇，分別
　　是顧寶林：〈明人和宋詞芻議〉，發表於《中國社會科學院研究生院學報》2012年2
　　月第1期；葉曄：〈明詞中的次韻宋元名家詞現象——以蘇軾、崔與之、倪瓚詞的接
　　受為中心〉，發表於《中國文化研究》2007年3月第1期；王杰：〈論戴冠《和朱淑真
　　〈斷腸詞〉》〉，發表於《黑龍江教育學院學報》2017年5月第1期。

但除了與原作押韻形式有所要求外，細加分析可見風格、內容有時亦存在著密切關聯性，研究者卻僅見定量分析，而未能細膩探析考察和韻者對技巧、題材與風格之關注，尤以黃庭堅詞最為明顯。

據顧寶林統計，明人和宋詞之作共八六四闋，分別以蘇軾、辛棄疾、崔與之、歐陽脩、周邦彥、黃庭堅、秦觀、朱淑真、柳永、李清照為前十名；馮雨婷《清初（順康時期）追和唐宋詞研究》則聚焦於順治及康熙年間，惜未能全面查考至雍乾卷；又如陶友珍、錢錫生〈從追和詞看唐宋詞在清代前中期的傳播和接受〉已歸納出清代前中期被追和最多的十大詞人為蘇軾、辛棄疾、姜夔、李清照、張炎、周邦彥、歐陽脩、史達祖、柳永、秦觀；並標舉十大詞調，但僅見定量統計而未見細膩分析，實難確切彰顯和詞者所欲取法之要義，若以未列名前十者便無足論之態度視之，則恐失於偏頗。據上述研究可知，和作黃庭堅詞雖不在數量上特出，細觀受追和之法確實深具特色，卻未見接受史專論，實有待學界深入探討。

黃庭堅（1045-1105），字魯直，號山谷道人，又號涪翁，洪州分寧（今江西）人，幼年警悟，讀書過輒成誦，《宋史》〈文苑傳〉載：「與張耒、晁補之、秦觀、俱游蘇軾門，天下稱為『四學士』。而庭堅於文章尤長於詩。」[7]黃庭堅為北宋著名文人，以詩名聞世，為江西詩派三宗之一，影響宋代詩壇深遠，但其詞歷來評價不一，除繼承典雅溫婉之美，對流行於當時之俚語、民間歌詞亦有所吸收，獨樹一幟。詩詞題材多元，風格形式特殊。研究者卻多側重其詩歌、書藝、思想之研究，其詞作特色自成一格，就接受史研究材料可歸納「作品傳播流衍」、「理論批評接受」、「創作仿效追和」等三大探討面向，前兩者不乏專論探析，唯歷代創作者之仿效追和必須透過精密統計後方

7　（元）脫脫：《宋史》（北京市：中華書局，1977年），卷444，頁415。

可歸納分析，故筆者有鑑於此，將逐一翻檢現今可見之歷代詞總集文本，蒐羅核實自宋以降和韻黃庭堅詞之數量後進行分析，詞體和韻可大致歸納為三大類：一為形式方面，依循原作韻部；二為內容方面，承繼原作詞意；三為風格方面，近似原作詞風。歷代追和黃庭堅詞數量甚繁，然大抵未脫離上述三大面向，本文將關注之，並留心地域、詞派、文學理念及詞人群體觀是否產生影響，依此具體掌握黃庭堅詞受歷代詞人關注之情況，及對個別筆法或題材之好尚，言而有據地了解歷代詞人對黃庭堅詞作之接受態度。

第二節　歷代和黃庭堅詞之定量分析

和韻詞自宋以降始終為詞體創作之一環，據王兆鵬《宋詞大辭典》定義和韻詞云：「詞體名稱，指依原作、原韻唱和的一類詞體。」[8]和韻詞依循原創之韻，創作者又可分為同代唱和、後代追和等差異，前者彼此酬唱往來，可見互動之熱絡；後者數量愈繁，愈可見原創之經典地位。和韻之作最早出現於詩體，（宋）張表臣《珊瑚鉤詩話》論和韻詩之流行云：「前人作詩未始和韻，自唐白樂天與元微之為二浙觀察，往來置郵筒，倡和始依韻，而多至千言，少或百數十言，篇章甚富。」[9]然歷來對和韻詩之評價不高，如（宋）嚴羽《滄浪詩話》云：「和韻最害人詩。古人酬唱不次韻，此風始盛於元、白、皮、陸。本朝諸賢，乃以此而鬥工，遂至往復有八九和者。」[10]後來詞體亦可見此作法，仍不免多受批評，如張炎《詞源》

8　王兆鵬、劉尊明主編：《宋詞大辭典》（南京市：鳳凰出版社，2003年），頁35。

9　（宋）張表臣：《珊瑚鉤詩話》（臺北市：藝文印書館，1965年），卷1，頁78。

10　（宋）嚴羽、郭紹虞校釋：《滄浪詩話校釋》（北京市：人民文學出版社，2006年），頁193-194。

云：「詞不宜強和人韻，若倡者之曲韻寬平，庶可賡歌。倘韻險又為人所先，則必牽強賡和，句意安能融貫，徒費苦思，未見有全章妥溜者。」[11]（清）李佳《左庵詞話》云：「余向不喜作和韻詩詞，蓋以拘牽束縛，必不能暢所欲言。若押韻妥諧，別出機杼，十不得一。」[12]（清）陳廷焯《白雨齋詞話》云：「詩詞和韻，不免強己就人；戕賊性情，莫此為甚。」[13]和韻雖可豐富詩歌之創作形式，卻不免拘限韻部規範而難以全面兼顧詞意，雖然自宋以降，抨擊之音不絕。然實際統計數量卻不容小覷，對此（清）況周頤《蕙風詞話》云：

> 初學作詩，最宜聯句、和韻。始作，取辦而已，毋存藏拙嗜勝之見。久之，靈泉日濬，機括日熟，名章俊語紛交，衡有益於不自覺者。[14]

詞體亦是如此，足見和韻技巧，實乃便於初學者依循，而清人更以宋代名家為主要對象，黃庭堅亦深受關注，實乃影響歷代詞人創作及詞史進程，故本文不侷限於著墨眾人聚焦之文學成就及歷史定位，而側重研究者甚少關注之和韻創作，筆者將逐一翻檢《全宋詞》、《全金元詞》、《全明詞》、《全明詞》〈補編〉、《全清詞》〈順康卷〉及《全清詞順康卷》〈補編〉、《清詞別集百三十四種》、《全清詞》〈雍乾卷〉[15]，

11　（宋）張炎：《詞源》，收錄於唐圭璋：《詞話叢編》，冊1，頁265。

12　（清）李佳：《左庵詞話》，收錄於唐圭璋：《詞話叢編》，冊5，卷下，頁3153。

13　（清）陳廷焯：《白雨齋詞話》，收錄於唐圭璋：《詞話叢編》，冊4，頁53。

14　（清）況周頤：《蕙風詞話》，收錄於唐圭璋：《詞話叢編》，冊5，頁4414-4415。

15　本文所依據之版本，分別是唐圭璋編纂，王仲聞參訂，孔凡禮補輯：《全宋詞》（北京市：中華書局，2005年）。唐圭璋編：《全金元詞》（臺北市：洪氏出版社，1980年）。饒宗頤初纂，張璋總纂：《全明詞》（北京市：中華書局，2004年）。周明初、葉曄編纂：《全明詞》〈補編〉（浙江市：浙江大學出版社，2007年）。南京大學中國語言文學系全清詞編纂研究室編：《全清詞》〈順康卷〉（北京市：中華書局，2002

藉此掌握自北宋中期至乾隆朝約七百年間歷代詞人和韻黃庭堅詞之數據，進行定量統計後逐一析論，茲先臚列表格如次：

表一　歷代和韻黃庭堅詞一覽表

序號	作者	詞牌名	詞題或題序	備註
01	晁補之	離亭宴	次韻弔豫章黃魯直	全宋詞
02	李之儀	驀山溪	少孫詠魯直長沙舊詞，因次韻	全宋詞
03	李之儀	好事近	……魯直有詞，因次韻	全宋詞
04	王之道	憶東坡	追和黃魯直	全宋詞
05	向子諲	卜算子	東坡先生嘗作〈卜算子〉，山谷老人見之云：類不食煙火人語。薌林往歲見梅追和一首，終恨有兒女子態耳	全宋詞
06	胡　銓	鷓鴣天	癸酉吉陽用山谷韻	全宋詞
07	趙　構	漁父	因覽黃庭堅所書張志和漁父詞十五首，戲同……	全宋詞
08	程公許	念奴嬌	中秋玩月，憶山谷「共倒金荷家萬里，難得尊前相屬」之句，悵然有懷，借韻作一首	全宋詞
09	陳　鐸	驀山溪	和黃山谷	全明詞
10	王　屋	兩同心	和魯直	全明詞，冊三，頁1504
11	蕭　顯	醉落魄	次黃魯直	全明詞，冊四，頁1668
12	呂希周	清平樂	閑居作，次黃魯直韻	全明詞補編，上，頁108

年）。張宏生主編：《全清詞》〈順康卷補編〉（南京市：南京大學出版社，2008年）。陳乃乾主編：《清詞別集百三十四種》（臺北市：鼎文書局，1976年）。南京大學中國語言文學系全清詞編纂研究室編：《全清詞》〈雍乾卷〉（北京市：中華書局，2012年）。為省篇幅，本文所引詞作俱依從上述版本，逕標頁碼於後，不再贅注。

序號	作者	詞牌名	詞題或題序	備註
13	呂希周	江城子	端陽作，次黃魯直	全明詞補編，上，頁362
14	呂希周	品令	諸孫彌月作，次黃魯直韻	全明詞補編，上，頁365
15	吳　山	鷓鴣天	題釣鼇圖，用黃魯直韻	全明詞補編，上，頁369
16	傅占衡	品令	詠茶，和山谷韻	全清詞，冊一，頁362
17	曹　溶	采桑子	送人尉南嶺，用山谷韻	全清詞，冊二，頁852
18	彭孫貽	歸田樂	次山谷韻（其一、其二）	全清詞，冊二，頁1069
19	龔鼎孳	滿庭芳	從友人處分得少茗少許，以遣閩人，用山谷韻	全清詞，冊二，頁1118
20	孫枝蔚	西江月	又次黃山谷遇宴集獨醒韻	全清詞，冊四，頁2138
21	魏學渠	西江月	漫吟，次山谷韻	全清詞，冊五，頁2554
22	魏學渠	品令	詠茶，用山谷韻	全清詞，冊五，頁2575
23	朱中楣	南歌子	秋宵不寐，……月下偶拈山谷南歌子，和以失懷	全清詞，冊六，頁3119
24	徐　倬	阮郎歸	吳五厓席間，聞畫眉聲，用山谷韻	全清詞，冊六，頁3433
25	史唯圓	念奴嬌	中秋詠月，和次京用山谷韻	全清詞，冊七，頁3833
26	韓純玉	謁金門	春夜，和山谷韻	全清詞，冊七，頁4304
27	宋　犖	阮郎歸	聞畫眉聲，和徐方虎用山谷韻	全清詞，冊十一，頁6572
28	劉在浚	兩同心	客廣陵十日不得見吳冠五，作此欲寄，山谷韻並效其體	全清詞，冊十四，頁7902
29	孔毓埏	百字令	藤花月，用黃山谷韻	全清詞，冊十五，頁8847
30	周庭諤	品令	詠茶，用黃山谷韻	全清詞，冊二十，頁11622
31	周庭諤	阮郎歸	午茶，用黃山谷詠茶韻	全清詞，冊二十，頁

序號	作者	詞牌名	詞題或題序	備註
				11629
32	徐　白	南鄉子	和黃山谷	補編，冊一，頁577
33	姚　炳	念奴嬌	詠月，和山谷原韻	補編，冊三，頁1797
34	侯嘉繙	阮郎歸	題黃山谷詠茶詞後，寄懷素堂都諫	補編，冊四，頁2289
35	侯嘉繙	驀山溪	春景，和黃山谷韻	補編，冊四，頁2293

表二　和個別作品一覽表

作者 ＼ 詞牌名	離亭宴	驀山溪	好事近	憶東坡	卜算子	鷓鴣天	漁父	念奴嬌	兩同心	醉落魄	清平樂	江城子	品令	鷓鴣天	採桑子	歸田樂	滿庭芳	西江月	南歌子	阮郎歸	謁金門	百字令	南鄉子	總計
（宋）晁補之	○																							1
（宋）李之儀		○																						1
（宋）李之儀			○																					1
（宋）王之道				○																				1
（宋）向子諲					○																			1
（宋）胡銓						○																		1
（宋）趙構							○																	15
（宋）程公許								○																1
（明）陳鐸		○																						1
（明）王屋											○													1
（明）蕭顯										○														1
（明）呂希周											○	○	○											3
（明）吳山														○										1
（清）傅占衡												○												1
（清）曹溶															○									1
（清）彭孫貽																		○						1

詞牌名＼作者	離亭宴	驀山溪	好事近	憶東坡	卜算子	鷓鴣天	漁父	念奴嬌	兩同心	醉落魄	清平樂	江城子	品令	鷓鴣天	採桑子	歸田樂	滿庭芳	西江月	南歌子	阮郎歸	謁金門	百字令	南鄉子	總計
（清）龔鼎孳																	○							1
（清）孫枝蔚																		○						1
（清）魏學渠													○						○					2
（清）朱中楣																			○					1
（清）徐倬																				○				1
（清）史惟圓								○																1
（清）韓純玉																					○			1
（清）宋犖																				○				1
（清）劉在浚									○															1
（清）孔毓埏																						○		1
（清）周廷諤													○							○				2
（清）徐白																							○	1
（清）姚炳								○																1
（清）侯嘉繙		○																		○				2
總計	1	3	1	1	1	1	15	3	2	1	1	1	1	4	1	1	1	1	2	1	4	1	1	

　　就上表可知，歷代和韻黃庭堅詞者總計四十九首，和者二十九人，其中趙構一人專和〈漁父〉十五首，最為繁多，由此可見青睞該詞之情。綜觀歷代和黃庭堅詞數量，雖不及和蘇軾、辛棄疾之盛，卻也不曾被略而未取。首先就歷代和韻黃庭堅詞之時代分布觀之，可知始於北宋，為同列名蘇門「四君子」之晁補之、「六君子」李之儀所和作。據查考可知，以蘇軾為首之文人群體間，互動頻繁，時有詩文互酬唱和，但多以詩體為主；另有王之道、向子諲、胡銓、趙構、程公許等合計共七人二十一首和作；明代則有陳鐸、王屋、蕭顯、呂希周、吳山等五家七首和作；至清代和作人數激增，共有傅占衡、曹溶、彭孫貽、龔鼎孳、孫枝蔚、魏學渠、朱中楣、徐倬、史惟圓、韓

純玉、宋犖、劉在浚、孔毓埏、周廷諤、徐白、姚炳、侯嘉繙十七家
二十首作品，足見以清代順治至乾隆朝和作者最為繁多。

其二，就歷代和作者之籍貫進行觀察，如胡銓、蕭顯、傅占衡、
吳山、朱中楣、龔鼎孳均與黃庭堅同為江西人，和作實乃可見傾慕前
賢之情；而呂希周、曹溶、徐倬、韓純玉、彭孫貽、魏學渠、徐倬等
俱為浙江人，與浙西詞派關係密切，黃庭堅詞風多元，詠物題材甚
繁。浙西詞派興起於康熙年間，經雍正、乾隆、嘉慶諸朝，歷時最為
久遠。康熙十八年龔翔麟匯編刊刻《浙西六家詞》，確立了浙西詞派
之名，而編纂《詞綜》及刊行《樂府補題》，則為浙西詞派詞學觀起
了宣揚的作用。浙西詞派所編詞選，以朱彝尊、汪森所編《詞綜》最
為聞名，另有先著《詞潔》、沈時棟輯、尤侗及朱彝尊參訂的《古今
詞選》、夏秉衡《清綺軒詞選》、許寶善《自怡軒詞選》等，共計五
部，選錄北宋詞人作品時，均未達前五名，浙西詞派宗主朱彝尊〈紅
鹽詞序〉論詞體特性云：「詞雖小技，昔之通儒巨公往往為之。蓋有
詩所難言者，委曲倚之於聲，其辭愈微，而其旨益遠。善言詞者假閨
房兒女之言，通之於《離騷》變雅之義，此尤不得志於時者所宜寄情
焉耳！」[16]肯定詞情幽深，必須細膩體察，不宜流於過於顯露，而失
溫雅醇婉之旨。而黃詞俚俗之語確實過於直接，或許難符合浙西詞派
審美好尚，但就和韻之作仍可見浙西詞人並未全然偏廢，對其詠物之
作仍有所青睞。

其三，就所追和之詞牌觀之，亦大異其趣，據筆者實際統計，共
有〈離亭宴〉、〈驀山溪〉、〈好事近〉、〈憶東坡〉、〈卜算子〉、〈鷓鴣
天〉、〈漁父〉、〈念奴嬌〉、〈兩同心〉、〈醉落魄〉、〈清平樂〉、〈江城
子〉、〈品令〉、〈鷓鴣天〉、〈採桑子〉、〈歸田樂〉、〈滿庭芳〉、〈西江

---

16 （清）朱彝尊：《曝書亭集》，收錄於《景印文淵閣四庫全書》，冊1314，卷40，頁
　　2-3。

月〉、〈南歌子〉、〈阮郎歸〉、〈謁金門〉、〈百字令〉、〈南鄉子〉等二十五調，其中又以宋帝王趙構一人和填十五首〈漁父〉數量最多；而〈品令〉、〈阮郎歸〉則分別有四人和作；〈念奴嬌〉亦有三人和作；〈驀山溪〉、〈兩同心〉、〈西江月〉則各有兩人選和，其餘多僅一人和作之調多達十六首，此現象甚為奇特。歷來選和者多聚焦詞人之單一名篇，如賀鑄〈青玉案〉（凌波不過橫塘路）、秦觀〈千秋歲〉（水邊沙外）一詞最受青睞，和姜夔者則多以〈暗香〉、〈疏影〉，和張炎者多以〈南浦〉為主，形成和韻群體及異代相和之特殊性，此一現象應受詞作傳播流通之影響所致，與黃庭堅詞集版本流傳關係至密。

第三節　側重仿效特殊形式之和作

和韻側重聲律要素，（南朝梁）劉勰《文心雕龍》〈聲律〉云：「吟詠滋味，流於字句，氣力窮於和韻。異音相從謂之和，同聲相應謂之韻。」范文瀾注云：「異音相從謂之和，指句內雙聲疊韻及平仄之合調；同聲相應謂之韻，指句末所用之韻。」[17]詩歌早有此形式，據（明）徐師曾《詩體明辨》云：「和韻詩有三類，一曰依韻，為同在一韻中，而不必用其字也；二曰次韻，謂和其原韻，而先後次第皆因之也；三曰用韻，謂用其韻，而先後不必次也。」[18]徐氏區分和韻形式有三，一為依韻，意指所用韻字皆屬同部即可，不必盡如原作；二為次韻，要求最為嚴格，必用原作之韻字，且依序排列；三為用韻，用原作之韻腳，先後順序不必相次。和韻之作，誠屬不易，（明）李東陽《懷麓堂詩話》云：「詩韻貴穩，韻不穩則不成句。和

17　（梁）劉勰撰、范文瀾注：《文心雕龍注》（北京市：人民文學出版社，2006年），卷7，頁553。

18　（明）徐師曾：《詩體明辨》（臺北市：廣文書局，1972年），下冊，卷14，頁1039。

韻尤難，類失牽強，強之不如勿和。善用韻者，雖和猶其自作；不善用者，雖所自作猶和也。」[19] 顧炎武《日知錄》〈次韻〉亦云：「今人作詩，動必次韻。以此為難，以此為巧。吾謂其易而拙也。……先定五字，而以上文湊足之，文或未順，則曰牽於韻爾；意或未滿，則曰束於韻爾。用事遣辭，小見新巧，即可擅場，名為難，其實易矣。」[20] 可知和韻拘限於韻部規範，恐有詞意未達，難以流露自然情感之弊，詞體亦多見此法，方式大抵與和韻詩規範相近；除取用原創韻部外，亦可見依循其獨特形式者。如清人徐倬〈阮郎歸·吳五厓席間，聞畫眉聲，用山谷韻〉云：

> 綠樽清晝博清歡。屏開九疊山。雕籠小鳥坐間觀。多情為遠山。　　聲似訴，調孤彈。清新庾子山。江南芳草暮春天。教人憶故山。（《全清詞》〈順康卷〉，冊6，頁3433）

徐倬（1624-1713），字方虎，號蘋村，與呂留良深交，並與錢秉鐙、柴紹炳、陸圻相互酬唱。康熙十二年進士，官至翰林院侍讀，曾參與編修《明史紀事本末》，晚年繕錄《全唐詩錄》一百卷呈康熙帝，帝大喜而擢禮部侍郎，著有《修吉堂文稿》、《應制集》、《寓園小草》、《燕臺小草》、《梧下雜鈔》等，統稱《蘋村類稿》，凡三十卷。另有宋犖〈阮郎歸·聞畫眉聲，和徐方虎用山谷韻〉：

> 雕籠小鳥兩眉彎。誰為描遠山。好音縹緲落簾前。空堂成碧山。　　低隔礫，醉間關。新聲李義山。聽鵑攜酒送春閒。何時少室山。（《全清詞》〈順康卷〉，冊11，頁6572）

19　（明）李東陽：《懷麓堂詩話》，《文津閣四庫全書》，集部，冊496，頁33。
20　（明）顧炎武：《日知錄》（臺北市：明倫出版社，1970年），卷22，頁603。

宋犖（1634-1714），字牧仲，號曼堂，又號西陂，為清代國史院大學士宋權之子，為官清廉，濟貧賑荒，深得民心，有「清廉為天下巡撫第一」之譽，著有《漫堂說詩》、《西陂類稿》等。上述兩人所作雖未提及所填為「福唐獨木橋體」，然細究方可知，另雍正、乾隆朝則有段梧生〈阮郎歸·和山谷效福唐獨木橋體〉：

> 滿城喧鬧萬星攢，靈鼇首冠山。阿誰窗下獨盤桓。應憐山上山。　人半醒，夜幾闌。善愁瘦子山。文章何日上金鑾。龍樨拜兖山。（冊3，頁1410）

段氏字西山，號漫浪，清湖南常寧縣（今常寧市）人。少從父宦遊四方，築書室藏所蒐之書，飲酒或可百日不飲，若飲則多達數斗，縱情高歌，後發憤著述，經史子集皆作，自成一家之言。據史料載段氏素愛展現才學之作，〈岳亭雪霽〉詩採用「禁體」形式[21]。此外，諸家皆關注黃庭堅〈阮郎歸·效福唐獨木橋體作茶詞〉一詞，茲迻錄如次：

> 烹茶留客駐金鞍。月斜窗外山。別郎容易見郎難。有人思遠山。　歸去後，憶前歡。畫屏金博山。一杯春露莫留殘。與郎扶玉山。（《全宋詩》，冊1，頁390）

針對福唐獨木橋體，王師偉勇〈兩宋豪放詞之典範與突破——以蘇、

---

21 採遵守特定禁例而寫作的詩歌。宋代歐陽脩在汝陰作太守時，曾會客賦雪，為突出主題，規定詩中不得出現玉、月、梨、梅、練、白、舞、鵝、鶴、銀等詞。（宋）胡仔：《苕溪漁隱叢話前集》卷二十九〈六一居士上〉。後泛指詩人們創作預定禁用某某等字，稱為「禁體」。

辛雜體詞為例〉一文，已有探析。[22]「福唐體」又稱「獨木橋體」，或
「福唐獨木橋體」。文學所見「福唐」指地名，為宋代福建路（今福建
省）所轄州名或縣名。劉尊明、錢建狀〈一種奇特的詞體──福唐獨
木橋體考辨〉一文云：「本閩縣之地，聖曆二年析長樂縣東南置萬安
縣，天寶元年改名福唐，朱梁改為永昌縣，後唐同光初復舊，晉天福
初改名南臺縣，後復舊，今為福清縣。」[23]可見此體深具地方文學特
質，或亦猜測為獨特詩歌或民間歌謠。[24]「福唐體」之形成，劉尊明
根據幾方面加以探討：一為北宋時期福唐等地具有繁榮之城市經濟和
文化氛圍；二為福建士人在詞壇具有舉足輕重之地位；三為「福唐
體」之特有形式和福唐地區地貌有關，如黃庭堅〈阮郎歸〉一詞，區
別其他同調詞之外，採用每兩句用一「山」韻之法，共用了四次「山」
韻，兩「山」中之一句，恰如山間之獨木橋，非具技巧者無法創作，
此說法乃根據福唐地區多山之地貌特徵而言。[25]王兆鵬、劉尊明《宋
詞大辭典》言：「所謂獨木橋體，意謂此體用同字押韻或以用字韻相
間使用，其奇險如走獨木橋也。」[26]經由上述討論，可窺見「福唐獨
木橋體」確為詞體特殊體製之一。常見形式可歸納為四大類[27]：一為
隔句用同一字協韻，如黃庭堅〈阮郎歸‧效福唐獨木橋體作茶詞〉；

---

22 王偉勇：〈兩宋豪放詞之典範與突破──以蘇、辛雜體詞為例〉，收錄於國立成功大
　　學文學院主辦、張高評主編：《典範與創意學術研討會論文集》（臺北市：里仁書
　　局，2007年），頁299-300。

23 劉尊明、錢建狀：〈一種奇特的詞體──福唐獨木橋體考辨〉一文，載於《古典文
　　學知識》2002年第3期，頁95-99。

24 路成文：〈好奇而別有創獲──論蔣捷的幾首獨木橋體詞〉，《文學遺產》2002年第1
　　期，頁123。

25 劉尊明：《唐宋詞綜論》（北京市：中國科學出版社，2004年），頁88。

26 王兆鵬、劉尊明主編：《宋詞大辭典》（南京市：鳳凰出版社，2003年），頁45。

27 沈文凡、李博昊：〈宋詞中的獨特體式──福唐獨木橋體〉，《社會科學輯刊》2006
　　年第1期。

二為全詞用同一虛字協韻，如黃庭堅檃括歐陽脩〈醉翁亭記〉所作之〈瑞鶴仙〉[28]；三為句尾用同一虛字而韻腳在聲詞的上一個字，如辛棄疾〈水龍吟〉[29]；其四為全詞用同一實字協韻，如辛棄疾〈柳梢青〉[30]，均於韻部有所變化。

　　綜觀上述諸詞，就形式論之，黃庭堅用〈阮郎歸〉一調，據龍沐勛《唐宋詞格律》云：「又名〈醉桃源〉、〈碧桃春〉。《神仙記》載劉晨、阮肇入天臺山采藥，遇二仙女，留住半年，思歸甚苦。既歸則鄉邑零落，經已十世。曲名本此，故作淒音。」[31]此調共四十七字，前後各四平韻，聲情本淒苦，然黃庭堅用以作茶詞，押韻方式，起句以「鞍」字押韻，第三句押「難」字，其下押「歡」字，第八句押「殘」字，但隔句韻腳皆使用「山」字，皆押第七部平聲韻。（宋）惠洪《天廚禁臠》卷上云：「蓋下押四『山』字，上『鞍』、『難』、『歡』、『殘』皆有韻，如是，乃知其公也。」[32]徐、宋所作，前者韻字為「歡、山、觀、山、彈、山、天、山」；後者韻字為「彎、山、

28　黃庭堅〈瑞鶴仙〉：「環滁皆山也，望蔚然深秀，琅琊山也。山行六七里，有翼然泉上，醉翁亭也。翁之樂也，得之心、寓之酒也。更野芳佳木，風高日出，景無窮也。　　游也，山餚野蔬，酒洌泉香，沸籌觥也。太守醉也，喧嘩眾賓歡也，況酣宴之樂，非絲非竹，太守樂其樂也。問當時、太守為誰，醉翁是也。」唐圭璋編：《全宋詞》（北京市：中華書局，1998年），頁415。

29　辛棄疾〈水龍吟〉：「聽兮清佩瓊瑤些。明兮鏡秋毫些。君無去此，流昏漲膩，生蓬蒿些。虎豹甘人，渴而飲汝，寧猿猱些。大吒流江海，覆舟如芥，君無助、狂濤些。　　路險兮、山高些。愧余獨處無聊些。冬槽春盎，歸來為我，製松醪些。其外芳芬，團龍片鳳，煮雲膏些。古人兮既往，嗟余之樂，樂簞瓢些。」唐圭璋編：《全宋詞》（北京市：中華書局，1998年），頁1894。

30　辛棄疾〈柳梢青〉：「莫煉丹難。黃河可塞，金可成難。休辟穀難。吸風飲露，長忍饑難。　　勸君莫遠游難。何處有、西王母難。休采藥難。人沈下土，我上天難。」唐圭璋編：《全宋詞》（北京市：中華書局，1998年），頁1928。

31　龍沐勛：《唐宋詞格律》（臺北市：里仁書局，2003年），頁18。

32　（清）張宗橚編、楊寶霖補正：《詞林紀事、詞林紀事補正合編》（上海市：上海古籍出版社，1998年），頁399。

前、山、關、山、閒、山」，兩者皆押第七部韻，隔句俱押「山」
韻，與黃氏皆為福唐獨木橋體，皆力求用韻工巧，可知兩人有意和其
形式，或為遊戲，或為逞技，均可見黃詞影響力。就內容論之，黃氏
以烹茶、捧茶，巧融女子愛戀心境，雖四用「山」字，意涵殊別，卻
各有層次，甚為巧妙，此詞亦是黃詞詠茶名篇，和者多標明形式；
徐、宋兩氏所作，皆描寫畫眉鳥，徐氏寫宴席間鳥鳴之聲，引動相思
愁緒；宋氏則側重描寫鳥鳴，內容顯然更側重畫眉鳥之樣態及悠揚叫
聲，段梧生所作則以七夕繁華夜景為背景，反襯詞人與黃庭堅原作之
意不同，足見各家所作，以追和形式為主，歷代不乏填作此一特殊形
式，就和作數量觀之，黃庭堅以此調所作獨木橋體，確實在歷代詞人
心中占有一席之地。

第四節　側重承繼題材為主之和作

　　（宋）洪邁《容齋隨筆》云：「古人酬和詩，必答其來意，非若今
人為次韻所局也。」[33]和韻詩歌發展之初，重和意而非僅和韻，詞體亦
是。黃文吉〈唱和與詞體的盛衰〉亦關注此現象云：「在唐五代時，詞
由於是配樂的歌詞，故美妙的歌曲或優秀的歌詞，都很容易引起其他
文人『和』的自然衝動，當時和詞的作法是隨著曲拍、題意來填詞，
還沒有人把它當作像詩一樣『次韻』、『依韻』來作，可見當時所強調
的重點在配合音樂歌唱而已。」[34]此論說明和韻詞作何以受後世青睞
之因，極為精要。除形式上和作，內容與原作間，亦有相關性依存，
就歷代人追和黃庭堅詞之面向，亦可見詞意相承者，茲分述如次：

33　（宋）洪邁：《容齋隨筆》，收錄於《文津閣四庫全書》，子部，冊281，卷16。
34　黃文吉：〈唱和與詞體的盛衰〉，《國立彰化師範大學國文系集刊》，1996年第1期，頁
　　44。

一　漁父自在閒適

　　張志和為隱逸經典人物,《新唐書》〈隱逸〉載:「十六擢明經,以策於肅宗,特見賞,重命待詔翰林,授左金吾衛錄事參軍,因賜名。後坐事貶南浦尉,會赦,還。以親既喪,不復仕。」[35]張志和本受肅宗賞識,後被貶而不復出仕,閒居江湖,自號「烟波釣徒」。(清)馮金伯《詞苑萃編》〈品藻〉言:「張志和性高邁,自為漁歌,便畫之,甚有逸思。」[36]〈漁父〉詞共計五首,以第一首最著名,乃借鑑民間漁歌特性而成,詩意淳樸率真,畫面生動靈秀,傳唱千古,堪稱隱逸文學之重要典範,歷來備受推崇。(宋)吳曾《能改齋漫錄》云:

> 東坡、山谷、徐師川,既以張志和〈漁父〉詞填〈浣溪沙〉、〈鷓鴣天〉,其後好事者相繼而作。[37]

張志和漁父形象深為文人墨客所景仰,《唐才子傳》載其生平云:「以親喪不復仕,居江湖。性高邁,自稱煙波釣徒,撰《玄真子》十二卷。」論其真性情云:「善畫山水,酒酣,或擊鼓吹笛,舐筆輒就,曲盡天真。自撰漁歌,便復畫之,興趣高遠,人不能及。」[38]可見張志和藉漁父野釣閒適之形象,流露悠然自得之性情,意境清淡高遠;審美情調呈現真樸生命,任真自在。(清)黃蘇《蓼園詞選》評曰:

35　(宋)歐陽脩:《新唐書》,收錄於《文津閣四庫全書》,史部,冊96,卷196。

36　(清)馮金伯:《詞苑萃編》,收錄於唐圭璋編:《詞話叢編》,冊2,卷3,頁1396。

37　(宋)吳曾:《能改齋漫錄》(臺北市:木鐸出版社,1982年),卷17,頁498。

38　(宋)辛文房:《唐才子傳》,收錄於《文淵閣四庫全書》(臺北市:臺灣商務印書館,2005年),冊154,卷8,頁246。

數句只寫漁家之自樂其樂，無風波之患，對面已有不能已者。
隱躍言外，蘊藏不露，筆墨入化，超然塵埃之外。[39]

黃庭堅對張志和恬淡曠遠情志，極為嚮往，曾填〈訴衷情〉，題序標
明「擬金華道人」。據《夷白堂小集》云：「山谷道人向為余言：『張
志和〈漁父〉詞，雅有遠韻。志和善丹青，必有形於圖畫者，而世莫
之傳也。』嘗以其詞增損為〈浣溪沙〉，誦之有矜色。」[40]此外，又作
〈鷓鴣天〉：

西塞山前白鷺飛。桃花流水鱖魚肥。朝廷欲覓玄真子，何處如
今更有詩。　　青箬笠，綠蓑衣。斜風細雨不須歸。人間底是
無波處，一日風波十二時。（《全宋詞》，冊1，頁395）

此詞題序云：「表弟李如箎云：『玄真子漁父語，以〈鷓鴣天〉歌之，
極入律，但少句耳。』因以玄真子遺事足之。憲宗時，畫玄真子像，
訪之江湖，不可得，因令集其歌詩上之。玄真之兄松齡，懼玄真放浪
而不返也，和答其漁父云：『樂在風波釣是閒。草堂松桂已勝攀。太
湖水，洞庭山。狂風浪起且須還。』此余續成之意也。」黃庭堅所作
多直接截取張志和之句，穿插遺事而成，亦可窺見以江西詩派創作要
旨填詞，內容本有所承。對此，宋代胡銓〈鷓鴣天・癸酉吉陽用山谷
韻〉詞云：

夢繞松江屬玉飛。秋風蓴美更鱸肥。不因入海求詩句，萬里投

39　（清）黃蘇：《蓼園詞評》〈漁歌子〉條，收錄於唐圭璋編：《詞話叢編》，冊4，頁
　　3023。

40　（清）張宗橚編、楊寶霖補正：《詞林紀事、詞林紀事補正合編》，頁396。

荒亦豈宜。　　　青箬笠，綠荷衣。斜風細雨也須歸。崖州險似
風波海，海裡風波有定時。（《全宋詞》，冊2，頁1244）

胡銓（1102-1180）字邦衡，號澹庵，吉州廬陵（今江西吉安）人。
高宗時官至樞密院編修，金人南侵，秦檜主和，與之相忤，故謫居新
州，孝宗即位再獲起用，著有《澹庵文集》。胡氏此詞作於囚居吉陽之
時，韻腳與黃庭堅之作悉同，首句作者以夢入詞，彷彿己身化作水鳥
屬玉，又稱鸀鳿、鸑鷟，亦有一說是象徵鳳凰等祥瑞之鳥，為赤目大
鳥，結群高飛音宏亮，雌雄比翼，喪偶後悲鳴而亡，堅貞不屈，象徵
賢士忠臣，可謂作者自喻，夢中飛返吳中遶松江飛旋，帶有思念故地
之情；上片後兩句述寫己身不因填〈好事近〉詞遠謫而懊悔[41]，反而
以此二句展現對秦檜一黨羅織罪名誣陷之態度，顯見個人氣節。下片
可知已是秋風起蓴羹美鱸魚肥之時節，援引《世說新語》〈識鑒〉[42]典
故，張翰因回憶家鄉風味料理，而被推崇為識機微、辨情勢，首二句
亦似黃庭堅詞多截取、化用張志和原句，然卻反用之其意，彰顯個人
仍心繫家國社稷，與張志和隱逸之志迥異，第三句以大海凶險之狀喻
指高宗朝政治，但末句堅信風浪總有緩和之際，政治亦有回歸清明之
時。可見胡銓此詞以文學藝術之筆，巧用象徵、比喻，胡氏作品甚寡，
多有反對和議之憤慨，慷慨激昂，然此詞和黃庭堅韻，並藉漁父形象
反襯己志。另有清代吳山〈鷓鴣天・題釣鼇圖，用黃魯直韻〉亦作：

---

41 針對此詞之寫作年代，據題序「癸酉吉陽用山谷韻」，癸酉應是西元一二一三年，
　　但胡銓早已離世，且提及填〈好事近〉，卻受張棣誣陷「欲駕巾車歸去，有豺狼當
　　轍」，有謗訕、怨望之意，遭貶吉陽，推算應是紹興戊辰十八年為是。

42 《世說新語》〈識鑒〉載：「張季鷹辟齊王東曹掾，在洛見秋風起，因思吳中菰菜
　　羹、鱸魚膾，曰：『人生貴得適意爾，何能羈宦數千里以要名爵！』遂命駕便歸。
　　俄而齊王敗，時人皆謂為見機。」余嘉錫：《世說新語箋疏》（臺北市：華正書局，
　　1991年），上冊，識鑒第七，頁393。

風細澄江浪不飛。一竿應不羨鱸肥。青山久對成良友，白鳥頻
來送好詩。　　瓊作骨，芰為衣。柳底磯邊立幾時。靜待一圓
秋兔滿，絲綸收拾載鼉歸。（《全清詞》〈順康卷〉，冊1，頁52）

吳氏所和黃詞，雖題為「釣鼉圖」，實乃承黃庭堅追和張志和〈漁
父〉詞之意，（清）黃蘇《蓼園詞選》云：「山谷生遇坎坷，文字之禍
兢兢於心。將志和原詞每闋添兩句，神理迥然大異，便少優游自得之
致矣。」[43]張志和〈漁父〉詞清新質樸，境界幽深，藉由生動畫面，
呈現作者之心志，畫面極為傳神，堪稱一幅煙波垂釣圖，黃庭堅所作
則隱含身世遭遇。至於清人吳山確乎有意追和閒適境界，如上片三、
四句，詞中主人翁與青山、白鳥等大自然景物互動頻繁。下片更以
瓊、芰為骨、衣，帶有隨遇而安之情；末二句「靜」字一出，心境丕
顯，足見吳山所作，乃有意呈現作者閒適之心境。

二　情思委婉纏綿

　　黃庭堅曾作〈驀山溪〉一首，題序為「贈衡陽妓陳湘」，又作
「別意」，詞云：

鴛鴦翡翠，小小思珍偶。眉黛歛秋波，儘湖南、山明水秀。娉
娉嫋嫋，恰似十三餘，春未透。花枝瘦。正是愁時候。　　尋
花載酒。肯落誰人後。祇恐遠歸來，綠成陰、青梅如豆。心期
得處，每自不由人，長亭柳。君知否。千里猶回首。（《全宋
詞》，冊1，頁388）

43　（清）黃蘇：《蓼園詞選》，收錄於唐圭璋編：《詞話叢編》，冊4，頁3042。

此詞用以贈別，上片述寫陳湘天生麗質，鎔鑄杜牧〈贈別〉「娉娉嫋嫋十三餘，豆蔻梢頭二月初」之句，含蓄述寫陳湘婀娜身姿，又「瘦」、「愁」寫女子之感，情意纏綿卻清麗纖巧，情韻兼勝，其構思之委婉曲折，低徊往復，出人意表。正值豆蔻年華，渾蘊脈脈情意，且春愁正濃，引發憐惜之感；下片則寫詞人載酒尋芳，惆悵縈懷，臨別傷心，後會無期之失落，又鎔鑄杜牧〈嘆花〉：「自是尋春去太遲，不須惆悵怨芳時；狂風吹盡深紅色，綠葉成陰子滿枝」，通篇情深意摯，頗具風韻，運用鋪敘手法，層次井然，情意低迴婉轉，一往情深，更顯深沉真摯。此詞歷來備受關注，如清人侯嘉繙〈驀山溪・春景，和黃山谷韻〉亦然：

> 厭厭病起，軟弱嬌無偶。窗外兩三峰，忽撩人、蒼深雅秀。拈脂弄粉，擱筆復移時，煙水透。山容瘦。恰對傷春候。　孤吟悶酒。冷落三更後。更有阿誰來，影幢幢、清燈如豆。梨花移月，直送上欄杆，河橋柳。人歸否。舟繫門兒首。（《全清詞》〈順康卷補編〉，冊4，頁2293）

此詞韻腳與黃氏所作同為「偶、秀、透、瘦、候、後、豆、柳、否、首」，上片六仄韻，下片四仄韻，皆屬第十二部韻，為次韻之作。就其內容論之，（明）沈際飛《草堂詩餘四集》卷二評黃氏〈驀山溪〉詞云：「說美人，隨說芳景；說芳景，隨說美人。得比體之妙。」[44]相較之下，侯氏所作雖題為「春景」，然描寫內容看似寫景，實則著重於女子慵懶嬌軟之態；與黃氏所作上片側重美人樣態，脈脈含情，欲語還休，下片則著重彰顯相思之情，極為近似。

44　（明）沈際飛：《草堂詩餘四集》，收錄於張璋、職承讓等編纂：《歷代詞話》（鄭州市：大象出版社，2002年）。

三　細膩繪寫物態

　　宋代飲茶風氣盛行，黃庭堅好品茗茶，更以吟詠為好尚，論及茶之詩詞數量甚夥，尤以〈品令・茶詞〉最受關注，詞云：

> 鳳舞團團餅。恨分破，教孤令。金渠體淨，隻輪慢碾，玉塵光瑩。湯響松風，早減了二分酒病。　　味濃香永。醉鄉路，成佳境。恰如燈下，故人萬里，歸來對影。口不能言，心下快活自省。（《全宋詞》，冊1，頁405-406）

此詞上片先寫茶之名貴，再寫煮茶步驟；下片著重品茗，寫茶味濃香，引發懷舊之情，且由品茶體會人生自適，耐人尋味。（宋）胡仔《苕溪漁隱叢話前集》卷四十六云：「魯直諸茶詞，余謂〈品令〉一詞最佳，能道人所不能言，尤在結尾三四句。」[45]足見此乃黃庭堅詠茶詞之佳作，後人追和者不少，除明人呂希周題序言「諸孫彌月作，次黃魯直韻」外，其餘清人所作均為詠茶內容，如清人傅占衡〈品令・詠茶，和山谷韻〉云：

> 自汲梁鴻井。借貞白、松風聽。窗明几淨，甌香色嫩，竹光遙映。陸醑何功，更覷九卿執政。　　佛燈僧影。鐘殘梵、休幡定。偶然相遇，寒山拾得，當杯點省。陡喫清涼，唇舌尚落莽茗。（《全清詞》〈順康卷〉，冊1，頁362）

傅占衡（1606-1660），字平叔，為明末清初著名文學家。性情淡泊，

45　（宋）胡仔：《苕溪漁隱叢話前集》，收錄於阮閱《詩話總龜》（北京市：人民文學出版社，2006年），頁190。

學貫古今，詩宗陶潛、杜甫，詞多亡國之痛，明滅亡後，專心著述，著有《漢書摭言》、《編年國策》、《鶴園筆略》。周庭諤〈品令・詠茶，用黃山谷韻〉云：

> 龍鳳雙團餅。訝分賜、卻孤另。金莖露淨，碧芽細碾，玉壺光瑩。兩腋風生，奚翅五消酒病。　　舌留香永。息塵慮、疑仙境。不須邀月把杯，勝友成三和影。睡起翛然，書味胸中自省（劉禹錫五病酒，乃饋菊苗虀）。（《全清詞》，冊20，頁11622）

就押韻方式論之，三人分別標明「和韻」、「用韻」，黃庭堅原作韻腳為「餅、令、瑩、病、永、境、影、省」，傅氏所作韻腳為「井、聽、映、政、影、定、省、茗」，兩者同屬第十一部韻，為依韻之作。黃氏皆同，為次韻之作，兩詞押韻方式顯依循黃作。就詞意內容論之，（清）黃蘇《蓼園詞選》云：「首闋『鳳舞』至『玉塵』，言茶之形象也。『湯響』二句，言茶之功用也。二闋味濃。三句，言茶之味也。『恰如』以下至末，言茶之性情也。凡著物題，止言其形象則滿，止言其味則粗。必言其功用及性情，方有清新刻入處。苕溪稱結末三、四句，良是。以茶比故人，奇而確。細味過，大有清氣往來。」[46]而傅、周兩人雖皆著力寫茶，然傅氏上片寫品茗之樂，環境清幽高雅，下片則尚友古人，輕啜佳茗。周氏所作，首句指宋代圓餅狀之貢茶，有龍鳳花紋，寫茶葉形狀，細膩研茶，並強調茶具雅潔晶瑩，方可襯托此茶之特殊；末句「奚翅」，即「奚啻」，意即何止，彰顯茶之功用。下片「舌留香永」與黃氏「味濃香永」皆寫茶香雋永，「息塵慮、疑仙境」，與黃氏「口不能言，心下快活自省」，皆描寫品

46　（清）黃蘇撰：《蓼園詞選》，唐圭璋：《詞話叢編》，冊4，頁3055-3056。

茶境界；結四句亦以茶喻良友，與黃氏所作較為相近。是知傅氏以追
和黃詞形式為主，詞意為輔，懷抱別具；周氏追和之作較為全面。

　　黃氏另有〈阮郎歸・茶詞〉云：

> 歌停檀板舞停鸞。高陽飲興闌。獸煙噴盡玉壺乾。香分小鳳
> 團。　　雪浪淺，露花圓。捧甌春筍寒。絳紗籠下躍金鞍。歸
> 時人倚闌。（《全宋詩》，冊1，頁402）

上片寫宴飲方歇，末句暗寫欲以茶解酒；下片首句「雪浪淺」指茶水
色澤，手捧佳茗，夜涼人孤單。而周庭諤〈阮郎歸・午茶，用黃山谷
詠茶韻〉亦作：

> 采茶歌遠送回鸞。一春花事闌。烹來蟹眼□壺乾。不須嚐鳳
> 團。　　香味永，日光圓。午風秀麥寒。玉川破屋勝珊鞍。睡
> 餘憑藥欄。（《全清詞》〈順康卷〉，冊20，頁11629）

此詞韻腳為「鸞、闌、乾、團、圓、寒、鞍、欄」，屬次韻黃詞之
作，內容亦著重詠茶。末結則以下作有〈茶歌〉之盧仝為喻，「玉
川」本為井名，唐代盧仝喜飲茶，嘗汲井泉烹茶，自號「玉川子」，
（唐）韓愈〈寄盧仝〉詩：「玉川先生洛城裡，破屋數間而已矣。」[47]
是知此處用盧仝之典，「玉川」一詞代稱茶，以為但有茶飲，即便身
居破屋亦勝珊鞍貴介，足見嚮往恬淡生活，亦可見周氏對黃庭堅茶詞
極為關注。清人侯嘉繙亦作〈阮郎歸・題黃山谷詠茶詞後，寄懷素堂
都諫〉云：

47　（唐）韓愈：〈寄盧仝〉，收錄於《全唐詩》（臺北市：藝文印書館，1960年），卷
　　340，頁3809。

挼月梧上照棲鸞。吟聲入夜闌。東風吹下雪花殘。重思玉露
團。　　空江裡，月初圓。彈箏十指寒。知他何日繡雕鞍。沾
香並倚欄。」（《全清詞》〈順康卷補編〉，冊4，頁2289）

顯然已非單純詠茶詞，上片寫夜闌寂靜，即景觸發相思。上述周氏所
云「鳳團」及侯氏「玉露團」，均指團茶，是宋代用圓模製成之茶
餅，始製於丁謂任職閩地，茶餅上印有龍、鳳花紋，專供宮廷飲用。
另有龔鼎孳〈滿庭芳・從友人處分得少茗少許，以遣閨人，用山谷
韻〉云：

箬葉雲籠，銀瓶風嫩，旅客魂斷鄉關。箇儂情意，千里歷風
煙。憶得春江穀雨，蘼蕪路、早隔仙凡。今何夕，輕嘗慢啜，
紅藥正爛斑。　　佳人，應倦繡，青燈小閣，緗軸初翻。要親
扶香影，吹上眉山。恰值珠簾半卷，芳瓷送、幽韻無邊。重攜
手，欄花莫睡，明月晚妝前。（《全清詞》，冊2，頁1118）

龔鼎孳（1615-1673），字孝升，江南合肥（今安徽）人，明崇禎年間
進士，入清任禮科給事中、太常寺少卿、左都御史、刑部尚書等官
職。工於詩歌，與錢謙益、吳偉業並稱「江左三大家」，詩風感慨悲
壯，有《定山堂詩集》。龔氏所作係追和黃庭堅〈滿庭芳・茶〉詞，
茲先迻錄黃氏所作如次：

北苑春風，方圭圓璧，萬里名動京關。碎身粉骨，功合上凌
煙。罇俎風流戰勝，降春睡、開拓愁邊。纖纖捧，研膏濺乳，
金縷鷓鴣斑。　　相如，雖病渴，一觴一詠，賓有群賢。為扶
起尊前，醉玉頹山。搜攪胸中萬卷，還傾動、三峽詞源。歸來

晚，文君未寢，相對小窗前。(《全宋詩》，冊1，頁386)

黃氏所作〈滿庭芳〉一調，就形式論之，共九十五字，上片四平韻，下片五平韻，韻字分別為「關、煙、邊、斑、如、賢、山、源、前」，俱為第七部韻；龔氏韻腳為「關、煙、凡、斑、人、翻、山、邊、前」，韻腳雖不相同，韻部則同屬第七部，顯係依韻之作。就內容論之，黃氏所作，上片三句先彰顯茶之名貴。北苑為宋代名茶產地，據(宋)熊蕃《宣和北苑貢茶錄》云：「五代之季，此中『建』屬南唐，歲率諸縣民采茶北苑。」[48](宋)趙汝礪《北苑別錄》亦云：「茶自北苑上者，獨冠天下，非人間所可得也。」[49]建為福建建甌縣，「歲率諸縣民采茶北苑」精造龍鳳團茶入貢，茶餅方圓，故用「方圭圓璧」形容之。「碎身粉骨」，寫研磨製茶之法；「罇俎」，指筵席；「風流戰勝」，意指茶能醒酒；「降春睡、開拓愁邊」，皆指茶之妙用；上片末三句寫女子捧茶，「研膏」，指研磨茶葉成團；「鷓鴣斑」，指有鷓鴣斑點花紋的茶盞，足見上片盡寫茶品、茶具、捧茶者之佳處。下片寫賓客群聚，雅集品茗，用典繁複，如「相如雖病渴」用司馬相如典，以寫自身老病[50]，「搜索胸中萬卷」，用盧仝「三碗搜枯腸，唯有文字五千卷」[51]；「還傾動、三峽詞源」，用杜甫「詞源倒流三峽水」[52]，創作方式與其詩歌主張相合。整闋詞寫來極為巧妙，為黃庭堅詠茶之名作。龔氏所作，就題序可知係藉由茗茶遠懷妻子，而上片「旅客魂斷鄉關」一句，亦可知思鄉情切。

---

48 (宋)熊蕃：《宣和北苑貢茶錄》(出版地不詳：藝文印書館，1968年)。

49 (宋)趙汝礪：《北苑別錄》(出版地不詳：藝文印書館，1968年)。

50 《史記》〈司馬相如列傳〉云：「相如口吃而善著書。常有消渴疾」(消渴病，即糖尿病)，頁3053。

51 (唐)盧仝：〈走筆謝孟諫議寄新茶〉，收錄於《全唐詩》，冊12，卷388，頁4379。

52 (唐)杜甫：〈醉歌行〉，收錄於《全唐詩》，冊7，卷216，頁2257。

　　黃庭堅〈念奴嬌〉另有詠月之作，題序云：「八月十七日，同諸生步自永安城樓，過張寬夫園待月。偶有名酒，因以金荷酌眾客。……」，顯然為賞月之宴。詞云：

> 斷虹霽雨，淨秋空，山染修眉新綠。桂影扶疏，誰便道，今夕清輝不足？萬里青天，姮娥何處，駕此一輪玉。寒光零亂，為誰偏照醽醁？　　年少從我追游，晚涼幽徑，繞張園森木。共倒金荷，家萬里，難得尊前相屬。老子平生，江南江北，最愛臨風曲。孫郎微笑，坐來聲噴霜竹。」（《全宋詞》，冊1，頁385）

此詞描寫賞月飲酒之樂，月光映照，笛音優美，上片描繪秋夜月景，下片描寫歡飲之樂；「金荷」，指金製荷葉型的杯皿，眾人開懷暢飲，並自陳懷抱。宋人程公許〈念奴嬌·中秋玩月，憶山谷「共倒金荷家萬里，難得尊前相屬」之句，悵然有懷，借韻作一首〉：

> 曉涼散策，恨西風不貸，一池殘綠。誰與冰輪搗玉斧，恰好今宵圓足。樹杪翻光，莎庭轉影，零亂崑臺玉。盪胸清露，閒須澆下醽醁。　　休問湖海飄零，老人心事，似倚巖枯木。萬里親知應健否，脈脈此情誰屬。世慮難平，天高難問，倚遍闌干曲。不妨隨寓、買園催種松竹。

程公許，字季與、希穎，號滄州。《宋史》有傳，歷官著作郎、起居郎，數論劾史嵩之，後遷中書舍人，進禮部侍郎，又論劾鄭清之。宦場屢遭排擠，官終權刑部尚書，今存《滄州塵缶編》，清代史唯圓〈念奴嬌·中秋詠月，和次京用山谷韻〉嘗試追和黃氏之作如次：

無情無緒，正黃昏、萬頃秋光澄綠。擁出銀蟾伴孤悶，何事縈心未足。千里嬋娟，素光同映，不見人如玉。燈殘漏永，為君傾盡醽醁。　　四顧清影婆娑，浮雲盡斂，倦鳥依喬木。樓上何人長嘯處，風吹鸞吟相屬。孤雁驚秋、寒螿泣露，共奏清商曲。夜分無寐，好風搖動庭竹。（《全清詞》〈順康卷〉，冊7，頁3833）

姚炳〈念奴嬌・詠月，和山谷原韻〉亦曾和之：

銀河直下，瀉長空、洗出一天新綠。應是姮娥，有意把、瓊宇修成滿足。風漾晴瀾，埃銷宿霧，秋老寒生玉。清尊邀入，舉杯相勸芳醁。　　今夕寶鏡重圓，廣寒妝晚，掛平林千木。萬里清光同一點，照徹離愁相屬。細認便娟，何年此際，曾度霓裳曲。霜空深處，依稀猶聽絲竹。（《全清詞》〈順康卷補編〉，冊3，頁1797）

龍沐勛《唐宋詞格律》云：「〈念奴嬌〉，又名〈百字令〉、〈大江東去〉、〈壺中天〉、〈湘月〉。……此調音節高抗，英雄豪傑之士多喜用之。」[53]此詞前後片各有四仄韻，凡八韻，韻腳為「綠、足、玉、醁、木、屬、曲、竹」；上述三家所和韻腳皆同，屬次韻之作。就詞意內容論之，黃庭堅上片寫秋夜月明之景，桂影扶疏，夜宴群客；下片就此良辰美景抒陳感慨云：「老子平生，江南江北，最愛臨風笛！」帶有豪放激越之情，實乃暗指身世飄蕩，具有真切情感。史氏所作亦為中秋詠月：上片寫秋月「澄綠」，意即碧空中，月光無限澄

---

53 龍沐勛：《唐宋詞格律》（臺北市：里仁書局，2003年），頁118。

澈；下片寫夜深難眠，夜景淒清，孤寂等待之情，盈滿胸臆。而姚氏上片渲染月景之美，下片筆鋒一轉，言「照徹離愁相屬」，情感流露，末結延續此情，「霜空深處，依稀猶聽絲竹」，則饒富韻味，雖與黃氏所作同為詠月之詞，卻別具情調。

第五節　側重依從風格為主之和作

（清）李調元《雨村詞話》卷一云：「黃山谷詞多用俳語，雜以俗諺，多可笑之句。」[54]（清）先著、程洪《詞潔》卷三亦云：「山谷於詞，非其本色，且多作俚語，不止如柳七之猥褻。」[55]此中所謂「俳語」即戲笑嘲謔之辭，而好用俗諺、俚語，亦形成黃庭堅詞之特殊風格。此外，「可笑」、「猥褻」之評，則可見黃庭堅詞好用俗字、俗語，多受譏評，但此類作品並非一無可取，後世多見遵循者。如黃庭堅作〈歸田樂引〉兩首：

> 暮雨濛堦砌。漏漸移、轉添寂寞，點點心如碎。怨你又戀你，恨你惜你，畢竟教人怎生是。　　前歡算未已。奈何如今愁無計。為伊僝僽，銷得人憔悴。這裡諕睡裡。夢裡心裡。一向無言但垂淚。（其一，《全宋詞》，冊1，頁407）

> 對景還消瘦。被箇人、把人調戲，我也心兒有。憶我又喚我，見我嗔我，天甚教人怎生受。　　看承幸廝勾，又是尊前眉峯皺。是人驚怪，冤我忒攔就。拚了又捨了，定是這回休了，及

54　（清）李調元：《雨村詞話》，收錄於唐圭璋：《詞話叢編》，冊2，卷1，頁1401。

55　（清）先著、程洪輯；劉崇德、徐文武點校：《詞潔》（保定市：河南大學出版社，2007年），卷3，頁101。

　　至相逢又依舊。」（其二，《全宋詞》，冊1，頁407）

就遣辭用字論之，此兩詞使用宋元俗語、方言甚繁，如「箇人」，指那人；「怎生受」，指如何受得了；「廝勾」，為貼近；「攔就」，有遷就、溫存體貼之意。就內容論之，係寫熱戀情侶之情感及矛盾，描寫情感過於急露，因而（宋）毛晉〈山谷詞跋〉云：「魯直少時，使酒玩世，喜造纖淫之句，法秀道人誡曰：『筆墨勸淫，應墮犁舌地獄。』魯直答曰：『空中語耳』。」[56]雖然，此俗艷風格，顯然為山谷詞之特性，多見後人模仿。如清人彭孫貽作〈歸田樂・次山谷韻〉兩首：

　　步遍閒庭砌。促織兒、無端絮聒，聒得心兒碎。不是我恨你，你須念我，甚得情懷放教是。　　差那只自己。算左從前千千計。雖伊奚落，甘為伊憔悴。放下只睡裡，那得放教人睡，悔了還疼兩般淚。（其一，《全清詞》〈順康卷〉，冊2，頁1069）

　　不為伊銷瘦。兩月餘、淹煎則甚，空道和他有。只我有你，你可有我，剗剗殺人也銷受。　　虧人已儘勾。削減裙腰多般皺。那回相見，肯放伊將就。早哩做夢裡，夢又不知哪裡，只恐夢兒也非舊。（其二，《全清詞》〈順康卷〉，冊2，頁1069）

就詞韻論之，其一韻腳為「砌、碎、是、已、計、悴、淚」，彭氏所作僅易「已」字為「己」（按：此或為誤排字，「自已」亦可通），但皆屬第三部韻；其二韻腳為「瘦、有、受、勾、皺、就、舊」，彭氏所作與黃氏悉同，屬次韻之作，足見彭氏有意追和黃庭堅之詞韻。此

56　（宋）毛晉：〈山谷詞跋〉，收錄於施蟄存：《詞籍序跋萃編》（北京市：中國社會科　　學出版社，1994年），頁86-87。

外，彭氏遣詞用字，有意模仿黃庭堅，多用市井口語，如「淹煎」，原指疾病纏綿，亦可視為因相思而備受煎熬；「儘勾」，亦作「儘夠」、「儘彀」，為足夠之意；「將就」，為遷就之意，皆為流行於民間之俗語。此外，彭氏以直露之筆，陳述相思之苦，更顯自然真誠，不特意矯揉造作，亦仿自黃氏也。而清人追和黃庭堅詞，側重其俗俚風格之作甚夥，如劉在浚〈兩同心・客廣陵十日不得見吳冠五，作此欲寄，用山谷韻並效其體〉詞云：

> 夢遙隔岑。爾我交深。便拚著、淚堪洗面，真辜負、巧奪穿針。最堪憐，悽悽慘慘，尋尋覓覓。渾如醉酒昏沉。一刻千金。應料爾、忙中揮淚，煞強我、暗地傷心。問何因，苦守燈兒，腸斷蕪陰。（《全清詞》〈順康卷〉，冊14，頁7902）

此詞亦多用俗俚字詞，如「拚著」、「煞強我」等，描寫情感亦較為直接。殊可怪者，歷代雖推崇黃庭堅詩篇，但對其詞則多所貶抑；尤以喜用俗俚之詞，更備受責難。如（清）陳廷焯《白雨齋詞話》卷一云：「秦七、黃九，並重當時。然黃之視秦，奚啻碔砆之與美玉。詞貴纏綿，貴忠愛，貴沉鬱，黃之鄙俚者無論矣！」[57]黃詞何以流於鄙俚？（清）劉熙載《藝概》卷四曾加以解說云：「黃山谷詞，用意深至，自非小才所能辨。惟故以生字、俚語侮弄世俗，若為金、元曲家濫觴。」[58]足見使用生字、俚語，確實影響黃詞風格。（清）賀裳《皺水軒詞筌》之評，論尤激切：「黃九時出俚語，如『口不能言，心下快活』，可謂傖父之甚！」[59]傖父指粗陋、鄙俗之人；紀昀《四庫全書

57　（清）陳廷焯：《白雨齋詞話》，收錄於唐圭璋：《詞話叢編》，冊4，卷1，頁3784。

58　（清）劉熙載：《藝概》，收錄於唐圭璋：《詞話叢編》，冊4，頁3691。

59　（清）賀裳：《皺水軒詞筌》，收錄於唐圭璋：《詞話叢編》，冊1，頁696。

總目提要》亦云:「今觀其詞,如〈沁園春〉、〈望遠行〉、……,皆褻
諢不可名狀。至於〈鼓笛令〉第三首之用『骳』,第四首之用『豖』,
皆字書所不載,尤不可解,不止補之所云不當行巳也。」[60]可見黃詞
喜用奇異字詞,且因內容輕慢戲謔,飽受批評。究其原因,(清)宋
翔鳳《樂府餘論》云:「山谷詞尤俗俚,不類其詩,亦欲便歌也。」[61]
而「便歌」以致雅俗作品相摻,於宋代不只黃庭堅一人,柳永、秦觀
皆如此,堪稱一時風尚,但因黃詞曾受詞話及筆記所載批評所影響,
而格外受後世關注。

第六節　結語

　　「接受史」重在考察各讀者經閱覽、詮釋、吸收再創作等接受方
式,進而突顯其特質而形成,其要點在於關注作者與讀者間經歷時空
殊隔,仍能觀照作者特有之藝術生命。讀者群體及其傳播特性,構成
接受史研究之三大面向,分別為普通讀者的接受效果史、批評家的闡
釋史、詩人作家的影響史。[62]而廣得歷代讀者佳評之作,並非一朝一
夕可成,是在漫長文學長河發展中,不斷受到關注,清代詞學發展,
直承兩宋,詞選編纂、詞體創作、論詞話語數量,皆達至前所未有之
盛,詞派紛呈,觀點鮮明,關注詩詞之別、雅俗之分,判衡詞體正
變,標舉宋詞名家等思考最為鮮明,創作多見追和,數量甚夥,和韻
詞由相互切磋、酬贈應答之用,轉為藉此追嚮古人,或追懷憑弔,或
感慨身世遭遇,抒發共鳴之感。本文以黃庭堅詞作為例,認為不可由

60　(清)紀昀總纂:《四庫全書總目》(石家莊市:河北人民文學出版社,2000年),
　　卷198,頁1808。

61　(清)宋翔鳳:《樂府餘論》,收錄於唐圭璋:《詞話叢編》,冊3,頁2499。

62　蔡振念:《杜詩唐宋接受史》(臺北市:五南圖書出版公司,2002年),頁3。

定量分析之數而摒棄不論個別詞家受追和之特質，另行著重形式筆法、題材內容及風格特色等三方面進行查考後，確實可見黃詞經歷漫長時空後受關注之情況，茲總結如次：

其一，形式之追和：創作和韻詞，雖多標明「用韻」、「和韻」，實則最常見者仍為最難為之「次韻」，顯見歷代均有意選和，技巧已十分純熟。然就其形式探討，由於黃庭堅所作〈阮郎歸·效福唐獨木橋體作茶詞〉，隔句押「山」韻，極富挑戰及趣味，技巧甚為特殊，備受歷代創作者關注。

其二，詞意之追和：除有意追和獨木橋體外，亦多見承繼黃詞遺意加以鋪展者，此中，最受關注者，首推以漁父詞增補之〈鷓鴣天〉；此詞呈顯作者有意藉抒發閒適之心境，遠嫌避禍。又如〈驀山溪·贈衡陽妓陳湘〉，黃氏巧融美人巧樣、良辰美景入境，情感流露真切，深受讀者青睞追和。而詠茶、詠月之作，更是黃詞重要題材，清人多承其意緒，鎔鑄後化為己作，遊戲或逞技乃甚為顯明，均有意為之。

其三，風格之追和：黃庭堅詞作風格，向來多有俗俚之譏，乃因好用生字、俚語，抒情過於顯白直露，而與婉約詞之言情細膩流轉，豪放詞曠達恢弘迴異。而形成特殊風格，然後世關注黃詞亦多側重此面向，追和者眾，亦足見黃詞之另類特色，雖非全然符合宋詞本色之審美好尚，亦是黃詞受歷代詞人關注之焦點。

參考書目

一　原典文獻

（梁）劉勰撰、范文瀾注：《文心雕龍注》，北京市：人民文學出版社，2006年。

（元）脫　脫：《宋史》，北京市：中華書局，1977年。

（宋）吳　曾：《能改齋漫錄》，臺北市：木鐸出版社，1982年。

（宋）辛文房：《唐才子傳》，收錄於《文淵閣四庫全書》，臺北市：臺灣商務印書館，2005年。

（宋）洪　邁：《容齋隨筆》，收錄於《文津閣四庫全書》，子部，冊281，卷16。

（宋）張　炎：《詞源》，收錄於唐圭璋編：《詞話叢編》，北京市：中華書局，2005年。

（宋）張表臣：《珊瑚鉤詩話》，臺北市：藝文印書館，1965年。

（宋）黃庭堅撰、馬興榮、祝振玉校注：《山谷詞校注》，上海市：上海古籍出版社，2011年。

（宋）歐陽脩：《新唐書》，收錄於《文津閣四庫全書》史部，冊96，卷196。

（宋）嚴羽撰、郭紹虞校釋：《滄浪詩話校釋》，北京市：人民文學出版社，2006年。

（明）李東陽：《懷麓堂詩話》，北京市：商務印書館，2005年。

（明）徐師曾：《詩體明辨》，臺北市：廣文書局，1972年。

（明）顧炎武：《日知錄》，臺北市：明倫出版社，1970年。

（清）朱彝尊：《曝書亭集》，收錄於《景印文淵閣四庫全書》。

（清）宋翔鳳：《樂府餘論》，收錄於唐圭璋編《詞話叢編》，北京市：中華書局，2005年。

（清）李　佳：《左庵詞話》，收錄於唐圭璋編《詞話叢編》，北京市：中華書局，2005年。

（清）況周頤：《蕙風詞話》，收錄於唐圭璋編《詞話叢編》，北京市：中華書局，2005年。

（清）紀昀總纂：《四庫全書總目提要》，石家莊市：河北人民文學出版社，2000年。

（清）張宗櫹編、楊寶霖補正：《詞林紀事、詞林紀事補正合編》，上海市：上海古籍出版社，1998年。

（清）陳廷焯：《白雨齋詞話》，收錄於唐圭璋編《詞話叢編》，北京市：中華書局，2005年。

（清）陳廷焯：《白雨齋詞話》，收錄於唐圭璋編《詞話叢編》，北京市：中華書局，2005年。

（清）賀　裳：《皺水軒詞筌》，收錄於唐圭璋編《詞話叢編》，北京市：中華書局，2005年。

（清）馮金伯：《詞苑萃編》，收錄於唐圭璋編《詞話叢編》，北京市：中華書局，2005年。

（清）黃　蘇：《蓼園詞評》，收錄於唐圭璋編：《詞話叢編》，北京市：中華書局，2005年。

（清）劉熙載：《藝概》，收錄於唐圭璋編：《詞話叢編》，北京市：中華書局，2005年。

周明初、葉曄編纂：《全明詞》〈補編〉，浙江市：浙江大學出版社，2007年。

南京大學中國語言文學系全清詞編纂研究室編，《全清詞》〈順康卷〉，北京市：中華書局，2002年。

南京大學中國語言文學系全清詞編纂研究室編：《全清詞》〈雍乾
　　　卷〉，北京市：中華書局，2012年。

唐圭璋編：《全金元詞》，臺北市：洪氏出版社，1980年。

唐圭璋編纂、王仲聞參訂、孔凡禮補輯：《全宋詞》，北京市：中華書
　　　局，2005年。

張宏生主編：《全清詞》〈順康卷補編〉，南京市：南京大學出版社，
　　　2008年。

楊家駱主編：《清詞別集百三十四種》，臺北市：鼎文書局，1976年。

趙尊嶽輯：《明詞彙刊》，上海市：上海古籍出版社，1992年。

饒宗頤初纂、張璋總纂：《全明詞》，北京市：中華書局，2004年。

二　近人論著

（德）姚斯、（美）霍拉勃撰、周寧等譯：《接受美學與接受理論》，
　　　瀋陽市：遼寧人民出版社，1987年。

王偉勇：《清代論詞絕句初編》，臺北市：里仁書局，2010年。

王國維撰、施議對譯注：《人間詞話譯注》，臺北市：貫雅出版社，
　　　1995年。

吳　梅：《詞學通論》，上海市：上海古籍出版社，2006年。

施蟄存：《詞籍序跋萃編》，北京市：中國社會科學出版社，1994年。

唐圭璋編：《詞話叢編》，北京市：中華書局，2005年。

國立成功大學文學院主辦、張高評主編：《典範與創意學術研討會論
　　　文集》，臺北市：里仁書局，2007年。

黃文吉編：〈唱和與詞體的盛衰〉，《國立彰化師範大學國文系集刊》
　　　第1期，1996年6月。

路成文：〈好奇而別有創獲──論蔣捷的幾首獨木橋體詞〉，《文學遺
　　　產》，2002年。

劉尊明、錢建狀：〈一種奇特的詞體──福唐獨木橋體考辨〉，《古典
　　　文學知識》，2002年。

劉尊明：《唐宋詞綜論》，北京市：中國科學出版社，2004年。

蔡振念：《杜詩唐宋接受史》，臺北市：五南圖書出版公司，2002年。

第六章
題跋之接受
——清人曹元忠所撰宋詞集題跋析論

第一節　書寫動機及研究目的

　　詞集序跋起源甚早，晚唐五代尚無詞話專著，序跋資料倍顯珍貴，如（後蜀）歐陽炯〈花間集序〉，論述詞體起源、詞體特質、應用場合，及編纂《花間集》之情況，影響後世深遠，研究者甚繁。前賢早以留心於此，致力蒐羅年代甚早，如金啟華、張惠民等編著《唐宋詞集序跋匯編》[1]、施蟄存主編《詞籍序跋萃編》[2]，雙賢篳路藍縷，具有開創之功及先見之明，苦心蒐羅以為學界所用。前者將唐、宋（包括金代）詞集序跋依別集、總集、選集逐一分類，再依詞集作者時代先後排序；後者涵蓋唐、五代、遼、金、元、明、清諸朝，舉凡總集、別集、選集，抑或詞話、詞譜、詞律及詞學雜著，皆在蒐羅之列。在詞論專書尚未大行之際，確實可補詞學資料之不足。相較於詞話專書之內容[3]，序跋資料幾乎無一不包；但前賢所編成書年代甚

1　金啟華、張惠民等編著：《唐宋詞集序跋匯編》（臺北市：臺灣商務印書館，1993年）。

2　施蟄存主編：《詞籍序跋萃編》（北京市：中國社會科學出版社，1994年）。

3　王熙元論詞話特質云：「凡是話詞、論詞的詞話，其內容當然是以詞為中心，所涉及的問題相當廣泛，或探討詞學的源流正變，或研究詞中的音韻格律，或品評詞的優劣得失，或記載詞林的軼聞瑣事，或分析詞中的句法作法，或辨正前人傳鈔、傳聞的訛誤，或考溯詞調調名的緣起，或摘錄詞人的佳篇雋句，或蒐輯散佚的斷章佚句，或折衷前人論詞的異同，或為詞人辨明誣妄，或泛論詞中旨趣，或評述詞集、詞選的優長與缺失。」王熙元：〈歷代詞話的論詞特色〉，收錄於中央研究院中國文

早，闕漏失收，在所難免，實有重新整理之必要。

　　宋代詞篇創作、詞集編選蔚為大觀，詞集序跋數量大量湧現，可窺見詞體觀點及詞集編纂之情況，且親朋故舊多以序跋相贈，可見其交遊往來及當代詞學風氣。金元時期，詞篇與詞集序跋數量大減，但仍有序跋可窺見詞壇風氣。至明代，詞集刊刻復盛行，而多見刊刻者所作序跋，如毛晉，針對詞集編修刊刻、版本流傳多有考訂。此外，撰序跋者身分多元，或如楊慎、張綖、陳霆、沈際飛等詞學家，具體針對詞體特質、風格進行評論；或如康海、湯顯祖等戲曲家，陳繼儒、胡震亨、譚元春等詩文家，即興而為，雖不免真偽雜揉，以訛傳訛[4]，亦可窺見明代詞壇風氣。清代承繼宋詞典範，別開研究視野，詞家流派關注詩詞之別、雅俗之分，判衡詞體正變，闡述詞學思想，企圖釐清存在於詞學發展史上諸多難解的課題，故此期詞學理論堪稱千巖競秀，蔚為大成。鄧子勉《宋金元詞籍文獻研究》指出：「宋金元詞集在清代的接受，有兩次高潮：第一次是清康熙、乾隆年間，以毛扆、朱彝尊為代表；第二次是嘉慶、道光年間，以黃丕烈等為代表。」[5]此說已能關注清代宋詞集之流行，尤其同治年間至民國初年，藏書家數量更趨於鼎盛，龍榆生云：

　　　　同治、光緒以來，國家多故，內憂外患，更迭相乘。士大夫怵
　　　　於國勢之危，相率以幽隱之詞，借抒忠憤。其篤學之士，又移

　　哲研究所編委會主編《第一屆詞學國際研討會論文集》（臺北市：中研院文哲所，1994年），頁83。

4　針對明代詞集流傳之缺失，張仲謀〈論明代詞集序跋的文獻問題〉已關注朱日藩〈南湖詩餘序〉實為〈南湖詩集序〉、楊慎〈草堂詩餘序〉出於偽託、〈玉堂餘興引〉實為薛應旂作、王世貞〈詞評序〉為〈弇州山人詞評〉首條、茅一相〈題詞評曲藻後〉等問題。此文收錄於《南京師範大學報》（社會科學版）2010年9月第5期。

5　鄧子勉：《宋金元詞籍文獻研究》（上海市：上海古籍出版社，2008年），頁418。

其校勘經籍之力，以從事於詞籍之整理與校勘，以是數十年
間，詞風特盛，非特為詞學之光榮結局，亦數千年來詞學之總
結束時期也。[6]

足見清末國事蜩螗，災亂紛起，藏書風氣卻仍方興未艾，版本目錄學
發展更臻於極致，考據、賞鑑、校讎一時稱盛。如張元濟、張鈞衡、
傅增湘、吳昌綬、陶湘、趙萬里、葉德輝人亦皆致力於此，堪稱清代
藏書的第三階段高峰期。更出現大規模詞集刊刻，如王鵬運《四印齋
所刻詞》、朱孝臧《彊村叢書》、江標《宋元名家詞》、吳重憙《吳氏
石蓮庵刻山左詞》、吳昌綬《仁和吳氏雙照樓景刊宋元本詞》、陶湘
《武進陶氏續刊景宋金元明本詞》及《景汲古閣鈔宋金元詞》，諸家
高度關注宋金元人詞集，彼此互通聲息，斟酌討論，最是熱絡。而曹
元忠官至翰林學士，遍覽金匱石室藏書，曾大量收藏善本，與當時名
家來往密切，研究僅寥寥數篇[7]，多聚焦於經學與藏書貢獻，然曹氏
學養深厚，遍覽內閣圖書，與藏書名家往來密切，撰寫序跋甚有見
地，今逐一翻檢《唐宋詞集序跋匯編》、《詞籍序跋萃編》，曹元忠所
撰者計有〈鈔本金奩集跋〉，另得宋詞別集〈輯宋徽宗詞跋〉、〈范文
正公詩餘跋〉、〈鈔本臨川先生詩餘跋〉、〈輯本冠柳集序〉、〈淮海居士
長短句跋〉、〈清真詞跋〉、〈舊抄本初寮詞跋〉、〈舒藝室白石詞校語
跋〉、〈龍洲詞跋〉、〈汲古閣精鈔本和石湖詞跋〉等十篇；宋詞選集
〈秦刻樂府雅詞跋〉、〈校本樂府雅詞跋〉、〈景元鈔本天下同文集跋〉

---

6 龍榆生：《中國韻文史》（上海市：上海古籍出版社，2002年），頁154。

7 對於曹元忠之研究，目前僅見潘利平〈論晚清藏書家曹元忠的詩歌創作〉、嚴壽澂
〈讀曹君直箋經堂遺集〉，前者均述其生平要略其著作，包含《箋經堂遺集》所收
四八六首詩，內容除一二四首集句外，多見反思政治現實之諷諭詩，詩友往來之酬
唱詩，感慨生活之抒情詩等；後者則就晚名禮法爭議之歷史背景，探析曹氏禮議、
經學、詩文特質，以明瞭其用心。

共計三篇；叢編本題跋有〈彊村叢書序〉等，總計可得宋詞集題跋十五篇，本文將著重幾大面向：其一，以曹氏所撰詞集題跋掌握其校書態度，藏書家閱讀後常書寫題跋、劄記、摹刻書影，記錄研究成果，細究可見關注紙墨、字體、避諱後比較異同，並就此突顯細考版本源流、糾謬補遺之貢獻；其二，就當代各家所撰某一詞集題跋，如《樂府雅詞》，除曹元忠撰跋兩篇外，清代計有朱彝尊、秦恩復、伍崇曜、趙萬里、四庫全書總目提要共八篇；或如各家所撰秦觀及周邦彥詞集題跋，可判斷版本特質及優劣，及諸家校勘特長；其三，就題跋內容掌握當代名家交遊及切磋討論之情況。

第二節　諸家交遊、往來熱絡

　　曹元忠（1865-1923），字夔一、揆一，號君直，晚號凌波居士，吳縣（今江蘇）人。生平事蹟，見曹元弼〈君直從兄家傳〉，光緒二十年（1894）中舉，官至翰林，遍覽皇室藏書，目錄、校勘學養深厚，曾協助校勘內閣藏書，通閱宮廷宋元舊本。旋任大庫學部圖書館纂修、禮學館纂修。與朱祖謀、葉昌熾等名家往來，精擅詩文，亦工填詞，畢生所撰詩文由吳縣王大隆編纂成集，共二十卷。多貯藏善本，撰有《箋經室書目》四冊，因旁通醫經，亦廣收宋遼金元醫書舊籍，遵循四庫凡例，所錄圖籍多屬通用本，俾便初學者入門。曹氏藏書於書眉間，多見補注語，藏書印有「曹氏考藏金石書畫之印」、「君直手痕」、「肇敏行成曰直」、「唐天馬鏡室」等。於光緒、宣統年間主持歸整內閣善本藏書，用心撰寫題跋，編輯為《箋經室所見宋元書題跋》，著力於版本考訂。歷來鮮見研究曹氏之文，甚是可惜，更遑論旁及交遊，晚清學者經歷改朝易代，除結社雅集、宴遊唱和外，亦致力於典籍編整、保留文化，而詞集校勘亦為要事，諸家投注之心力實

不容小覷。今就曹元忠所撰序跋可知，與當時名家多有往來，又與朱祖謀最為熱絡。

　　朱祖謀（1857-1931），一名孝臧，字藋生，一字古微，號漚尹，歸安（今浙江）人，世居埭溪渚上彊山麓，又號彊村，書畫題款有上彊村民、上彊山民、上彊村人、疆村、彊村老人、彊村老民、彊村遺民、彊村居士、漚老人、漚道人、藋道人、覺諦山人等名號；書齋名為玉湖趺館、無著庵、思悲閣、禮霜堂。朱祖謀生逢國政混亂衰頹之際，著文排遣憂懷，寄寓感慨，有詩集《彊村棄稿》，詞集《彊村語業》、《彊村詞剩稿》及《彊村集外詞》等；另輯刊大型叢編《彊村叢書》，經三次校補印行，收唐宋金元詞集一百七十三種；選集則有《宋詞三百首》、《詞莂》、《湖州詞徵》、《國朝湖州詞徵》、《滄海遺音集》等。針對朱氏生平，馬興榮、沈文泉分別編纂〈朱孝臧年譜〉；另可參考朱德慈〈朱祖謀詞學活動徵考〉、何泳霖〈朱彊邨先生年譜及其詩詞繫年〉。朱氏致力校勘詞集，備受推崇[8]，校刻《彊村叢書》，致力求取善本，輯佚增補，搜求詞集自有講究，無單行者，便自全集、文集中獨立而出，版本來源甚有特色，多採藏書名家鈔校本。朱祖謀所用底本多精校善本、足本，題跋交代版本來源包含宋元刊本、舊抄本，並廣求名家珍藏本，如范欽天一閣、毛晉汲古閣、鮑廷博知不足齋、黃丕烈士禮居、彭元瑞知聖道齋、張金吾愛日精廬、瞿鏞鐵琴銅劍樓、丁丙善本書室、趙氏星鳳閣、王半塘校知不足齋叢書本、勞權丹鉛精舍、姚文田邃雅堂、汪閬源藏舊、何氏夢華館等，深受後世肯定。

8　（清）張爾田〈彊村遺書序〉盛讚云：「先生守律則萬氏，審音則戈載，尊體則張氏，而尤大為功於詞苑者，又在校勘。前此常熟毛氏、無錫侯氏、江都秦氏，廣刊密笈，流播藝林，是謂搜佚。下逮知聖道齋彭氏、雙照樓吳氏，或精抄、或景宋，又志在傳真。雖未嘗無功於詞，而皆無當於詞學。先生則不惟搜佚也，必核其精；不惟傳真，必求其是。……是故樂府之有先生，而校讎乃有專家。」收錄於朱祖謀輯校、夏敬觀手批評點：《彊村叢書附遺書》，冊10，頁7122-7123。

《彊村叢書》多載錄前人序跋，諸多序跋資料賴此以存；亦載當
代名家題跋，曹元忠撰〈金奩集〉、〈宋徽宗詞跋〉、〈范文正公詩餘
跋〉、〈臨川先生歌曲跋〉、〈淮海居士長短句跋〉、〈龍洲詞跋〉、〈白石
道人歌曲跋〉；吳昌綬撰〈天下同文跋〉、〈無住詞跋〉、〈康範詩餘
跋〉、〈心泉詩餘跋〉、〈養蒙先生詞跋〉、〈道園樂府跋〉、〈鳴鶴餘音
跋〉各七篇數量最夥；而朱氏所撰詞集題跋，亦多論及曹元忠，如
〈跋淮海居士長短句〉云：「為雲間韓綠卿所藏，老友曹君直手錄遺
余，刻入《彊村叢書》中。」又如曹元忠〈彊村叢書序〉云：「彊村
侍郎校刻唐、五代、宋、金、元詞，以元忠嘗助搜討，共抱微尚，約
書成為序其首。」[9]皆可窺見曹氏之助；此外，朱氏校書另參酌曹氏
觀點者，如〈龍洲詞補遺跋〉云：「曩刻錢遵王校本《龍洲詞》，曹君
直謂出宋槧」、〈樂章集跋〉云：「曹君直引柳禹金及諸選本一再校
勘，又采案吾郡陸氏藏宋本入記而別刊之」，可見互有參酌討論，且
曹氏序跋多應編纂《彊村叢書》而作，其中《金奩集》、《宋徽宗
詞》、《淮海居士長短句》、《龍洲詞》皆屬之。而秦觀詞集版本最為複
雜，曹氏據此曾撰〈淮海居士長短句跋〉，詳考歷代流傳，辨別版本
遞嬗情況。兩人同入春音詞社，而〈彊村叢書序〉除歌功頌德之語，
更可窺見兩人情誼深厚，序云：

> 彊村侍郎校刻唐、五代、宋、金、元詞，以元忠嘗助搜討，共
> 抱微尚，約書成以序其首。……自汲古以來，至於近時朋舊，
> 若四印齋、靈鶼閣、石蓮山房、雙照樓諸刻，皆未足方也。雖
> 然，彊村是刻之所以獨絕者，則尚不因此。蓋嘗取今世所傳
> 《國策》、《管》、《晏》、《列》諸子書錄，而知其校刻各詞，猶
> 有劉向家法，為不可及焉。……每云：「皆已定殺青，可繕

9　（清）曹元忠：〈彊村叢書序〉，收錄於《彊村叢書》，上冊，頁2。

寫」，可見實事求是，不妨改字也，而彊村所校又如之。顧彊村所尤致意者則在聲律，故於宮調旁譜之屬，莫不悉心校定，或非向之所及。[10]

龍榆生云：「彊村老人論詞最矜慎，未嘗率意下筆。」[11]朱祖謀校藏書集致力精選底本，此外更遍尋諸多善本相輔，期間與摯友多有往來，得見世間難見珍稀版本，並立足於歷代前賢輯佚成果，後出轉精，另行多次補遺，依循劉向校讎家法，治詞嚴謹不苟，一再校訂、增補輯佚，保存詞學文獻厥功甚偉，且精於研律，進而推動詞律學發展，承繼前人長處，制定凡例，樹立校輯典範，遂使詞集校勘成為專門，殊堪推為清末詞學集大成者，也立足於曹氏孜孜不倦地屢次校刊撰跋，如《樂府雅詞》分別為〈秦刻樂府雅詞跋〉、〈校本樂府雅詞跋〉，後者又可依撰寫時間區分為甲寅花朝、癸丑十月、癸丑十一月、癸丑十一月乙卯四段；或如《梅苑》宋、元本至清已不可見，僅有棟亭本傳世。「棟亭」為曹寅名號，於乾隆三十一年刻於揚州，題為《群賢梅苑》，但此本謬誤顯然難以勝數，故曹元忠、戈載、李祖年相繼校勘，互有討論，藉序可見多有交流。由此可見，曹元忠與朱祖謀之往來，形成一廣泛互動網路，結合董康、吳昌綬、葉昌熾、李祖年諸家而使諸多珍本得以為世人所重視。

第三節　考索遞藏、釐清版本

　　《著硯樓讀書記》論曹元忠云：「遂於經史，尤經校讎，旁通醫經之業，早歲官翰林，得值內閣，遍覽天府藏書，故又能鑒別宋、元

10 同上注。
11 收錄於唐圭璋編：《詞話叢編》，冊5，頁4382。

雕本。」[12]曹氏主持整理內閣善本，鑒別能力出眾，畢生著力於此，自有法度，題跋多有呈現，如考訂宋刻本《論衡》，留意刻工、版式云「每半十行，行二十字，版心有刻工毛奇、梁濟、卓正、許中、陳俊、趙通、潘亨、周彥、徐顏、李文等姓名，皆宋刻也。字體方正渾厚，間有元時修補者，刀口極銳，筆畫瘦挺。」[13]又如考訂宋刻殘二卷《通鑑紀事本末》云：「每半十三行，行二十四字，版心有刻工方忠、宋琳等姓名。……於宋諱皆缺筆。」[14]清代藏書家擅於辨別，多採諸多版本比對之法，曹氏題跋則標舉刻工之名，並臚列避諱字，顯見平日多有記錄，信手捻來，藉此判定是否為宋刻本。就所撰宋詞集題跋觀之，除留心版本之外在形式，亦追溯於收藏家處遞嬗之情況，及評比版本優劣，茲探析如次：

一　詳考遞藏、留心題跋

曹氏頗留心各本輾轉流傳之情況，〈淮海居士長短句跋〉云：

> 《淮海居士長短句》三卷，見《書錄解題》。嘉慶間，蕘翁得江子屏家殘帙，以校舊鈔本，除〈長相思〉畢曲「不應同是悲秋」句為各本所無外，其餘勝處，舊鈔本悉與相同，惟稱《淮海詞》為異。意丁松生《藏書志》所稱：「明鈔《淮海詞》三卷」，後有嘉靖己亥南湖張綖跋者，當與此舊鈔本同出宋刊；以張綖曾刻《淮海集》四十卷、後集六卷、長短句三卷於鄂州，即直齋著錄本也。舊鈔本所出既同，又得蕘翁以宋刊殘帙

---

12 韋力編：《著硯樓清人書札題記箋釋》（北京市：中華書局，2019年），頁239。

13 同前注，頁506。

14 同前注。

校定，彌足珍已！彊村每言《淮海詞》無善本，因錄此雲間韓
綠卿前輩舊藏士禮居本寄之。癸丑六月庚子望，曹元忠客讀有
用書齋寫記。[15]

合此兩跋觀之，則知曹元忠所以謄抄此三卷本《淮海居士長短句》，
並述及朱祖謀素關注秦觀詞無善本，今既得之，爰錄以寄之。「癸丑
六月庚子望」為民國二年（1913）六月是也。王師偉勇〈清人所撰唐
宋詞籍序跋補輯考述〉就《清代詩文集彙編・箋經室遺集》卷十三另
補〈舊鈔本淮海居士長短句跋〉一篇[16]：

> 士禮居校宋本《淮海居士長短句》三卷，原書係舊鈔本，但有
> 春暉樓白文印，不知何氏所藏。其卷數次第悉同宋刊，惟名
> 《淮海詞》為異。疑所據本與《善本書室藏書志》所載明鈔本
> 《淮海詞》同，菉翁再以江鄭堂家宋刻殘帙校之，復舊觀已。
> 蓋《淮海詞》以此三卷本為最善，自南宋陳直齋所見，以至明
> 嘉靖己亥南湖張綖，萬曆戊午仁和李之藻所刻，皆附《淮海集》
> 四十卷、《後集》六卷行世，顧流傳絕少。至江湖間別刻單行
> 本，則名《淮海集》。《苕谿漁隱叢話後集》所謂〈八六子〉「倚
> 危亭，恨如芳草，萋萋剗盡還生」、〈浣溪紗〉「腳上鞋兒四寸
> 羅」二詞，皆見《淮海集》者，乃長沙書坊所刻《百家詞》
> 本，只一卷耳，有《書錄解題》可證，然今亦不傳，何況此長
> 短句三卷本耶？因手錄一通，勸余友歸安朱侍郎祖謀刻之。[17]

15　《唐宋詞集序跋匯編》所收此序，頁49；《詞籍序跋萃編》所收此序，卷2，頁76。
16　王偉勇：〈清人所撰唐宋詞籍序跋補輯考述〉，收錄於《嘉大中文學報》第11期，
　　2016年11月30日，頁28。
17　同前注，冊790，卷13，頁532-533。

此跋係就（清）黃丕烈（字紹武、紹甫、蕘圃、蕘翁，號蕘夫、復翁、士禮居主人等，室名太白樓（堂）、見復齋、士禮居等，1763-1825），精校宋本秦觀（字少游、太虛，號淮海居士，1049-1100）《淮海居士長短句》三卷，請友人朱祖謀為之刻行，庶免湮沒不傳，可見秦觀詞集珍本得以問世，曹氏詳細考索遞藏，並與諸家商討校訂，實乃功不可沒。

二　比較版本優劣異同

　　曹元忠題跋篇幅甚廣，除細膩交代版本源流、校勘異同外，更多見評騭版本之語。周邦彥為詞家之冠，詞集傳鈔、刊刻甚廣，於南宋時有十餘種傳刻本[18]，孫虹《清真集校注》〈前言〉指出「據文獻記載和搜求所見，不下於四十餘種。」[19]數量之多，幾乎與姜夔並列為宋人之首，惜多已失傳，今存者大抵可歸納為孝宗淳熙年間溧水刻二卷本、寧宗嘉定年間陳元龍注十卷本兩系統，除卷數數量參差外，集名多有歧異，曹元忠對此多有關注，〈清真詞跋〉云：

> 此《清真集》，漚尹就六十家中《片玉詞》，據元巾箱本及曾慥、趙聞禮、黃易、陳景賢諸選本所校定也，非汲古閣舊刻比矣。而其改題《清真集》，據叔問舊校，為《片玉》之名，始見於元刻盧陵劉肅〈敘〉，漳江陳元龍詳注本，宋時無是，義尤精審。……至汲古所刊，意必先得宋刻《清真詞》，又得元

18　此說據吳則虞校點：《清真集》〈附錄版本考辨〉（北京市：中華書局，1981年），頁169-170。

19　（宋）周邦彥撰、孫虹校注、薛瑞生訂補：《清真集校注》（北京市：中華書局，2007年），頁33。

刻《片玉集》，及刻《六十家詞》，於是用強煥敘本，乃以陳元
龍注本之名名之。跋中「最後得宋刻」云云，明指強本；「余
見許注龐雜」云云，復指陳本。懸牛頭，讀馬脯，令人迷惘不
能明瞭，實則去此《片玉》之名，故確然可信為淳熙溧水本
也。今既校定溧水本，竊謂宜依陳振孫著錄，名為《清真
詞》，取別於二十四卷本之《清真集》，以集本只有詩文，……
是其證之。敢舉所見，貢諸漚尹，並質叔問，以為何如？[20]

就曹氏此跋可知，朱祖謀曾參酌諸家選本校定之，此本優於毛晉汲古
閣本。毛晉〈片玉詞跋〉[21]交代家藏有《清真集》、《美成長短句》，皆
不滿百闋；後又得宋刻《片玉集》二卷，本為晉陽強煥所輯，搜羅最
富，毛晉刪去評注，釐正錯謬，另附〈補遺〉一卷，輯補十餘首。戈
載〈宋七家詞選·周美成詞選跋〉稱汲古閣本為完璧，但欠缺校讎，
訛謬頗多。[22]鄭文焯據此本校之，撰〈清真詞校後錄要〉，提及除汲古
閣本外，兼顧元本及諸家選本，旁及字書、音律、說部諸籍，並與方
千里、楊澤民、陳允平三家相較，校批版本甚繁，尤關注署名《清真
集》之因。上述曹元忠跋，對毛晉汲古閣本、鄭文焯校注本多有參
酌，後半針對詞集之名多有思考，針對《片玉集》名稱之由來，鄭氏
已有詳考云：「是《清真詞》實自陳刻始改題號，宋時刊本斷無《片
玉》之名可證。如方千里、楊澤民、陳君衡三家和作，及見諸夢窗、
玉田詞敘者，並稱清真。強敘前亦止云『題周美成詞』，諸子皆南宋
時人，可知『片玉』為後起之號，信而有徵也。且說部中如胡仔《苕
溪漁隱叢話》、王灼《碧雞漫志》……於其詞並云『清真』，更未聞以

---

20 同前注。

21 施蟄存主編：《詞籍序跋萃編》，頁97-98。

22 施蟄存主編：《詞籍序跋萃編》，頁100。

『片玉』稱也。毛刻乃據多本而屢亂其名。」[23]鄭氏正名之論，詳考諸家版本、說部典籍，擲地有聲，而曹元忠則直指毛晉之弊。針對毛晉藏、刻本之評，尚可見〈舊鈔本初寮詞跋〉云：

> 吾友甘遯景寫婁韓綠卿前輩家藏汲古閣舊鈔《初寮集》訖，因取毛刻六十家詞校之。知鈔本原出宋槧，編次有法，刻本則依調類列，顛倒失序，又往往改易款式，更非廬山真面。如送耿太尉赴闕「曉天雨露」詞，本作〈木蘭花〉，列於〈一落索〉……然云熙寧初韓魏公罷相出陣安陽作，則又誤為閱古堂詞矣，自非得此鈔本，又何從見宋本舊式，且何從決為初寮詞耶？至鈔本出自南宋舊槧，即〈安陽好〉第八首『又羣飛』上，旁填『御諱』二字，為避『構』字可證，刻本竟作『□□又羣飛』，疑為脫字而已。毛刻六十家詞與鈔本違異如此，爰以書卷末以質甘遯。[24]

甘遯為吳昌綬字號，曾刊刻《仁和吳氏雙照樓景刊宋元本詞》，王安中《初寮詞》，皆僅見毛晉跋語，至清四庫館臣撰提要多有依循，而毛晉刊刻不使湮沒失傳，厥功甚偉，因此曹氏對毛晉本多有關注，此跋針對毛晉汲古閣舊鈔《初寮集》有所質疑；又如〈龍洲詞跋〉云：

> 《龍洲詞》，陳直齋著錄一卷，乃長沙書坊所刻《百家詞》本，疑即汲古閣所據，卷末無〈長相思〉詞者也。至其弟澗所編《龍洲道人》十五卷，今存明嘉靖間崑山令王朝用重刻本，於詞亦分兩卷，與此本同。然下卷〈柳梢青〉後所列詠茶筅、

---

23 施蟄存主編：《詞籍序跋萃編》，頁104。
24 施蟄存主編：《詞籍序跋萃編》，卷3，頁161-162。

贈妓二詞，已脫〈好事近〉、〈清平樂〉調名，其〈醉太平〉、〈長相思〉則並詞逸之。錢唐丁松生得陳西畇所藏舊鈔《龍洲道人詩集》十二卷，其卷十一、十二為詞，有〈醉太平〉、〈長相思〉矣：而此本新增之〈沁園春〉「上部殿帥」及附錄之蘇紹叟〈摸魚兒〉、〈雨中花〉諸詞，又皆無之。……此《龍洲詞》為各本中善中之善者，雖只士禮居所藏舊鈔，論其行款（每半葉八行，每行十四字），知出宋槧。即使宋槧本後出，尚無以過之，況其他耶？因從讀有用書齋假錄，並書所臆於後，就古微正之焉。[25]

（清）孫振濂〈龍洲集序〉云：「先生之詩十卷、詞二卷、雜著一卷，代有鋟版，而歲久漫漶，且多魚魯之訛。」[26]足見劉過文集版本繁多，曹元忠跋語多有提及，如陳振孫《直齋書錄解題》卷二十一所載，應為「《劉改之詞》一卷」，僅列其名，此本為南宋嘉定年間（1208-1224）長沙書坊《百家詞本》，今已失傳，毛晉汲古閣據此刊行，改題為《龍洲詞》。後有劉過弟劉澥另行刊刻《龍洲道人集》，合各類文體，共成十五卷，親撰序一篇[27]，交代刊刻始末，明載此序所撰時間為端平紀元六月（1234），明代王朝用重印，著錄劉澥序，此為全集本，羅振常認為「崑山為龍洲流寓之地，王氏刻此，重寓賢也。」[28]此本卷十一、十二兩卷為詞，另有陳西畇舊藏本十二卷，亦為兩卷本，此本後為丁丙善本書室收藏。就此題跋可知，劉過詞集有一卷、二卷之別，曹元忠細膩比較上述諸版本異同，舉出脫漏調名、

25 施蟄存主編：《詞籍序跋萃編》，卷3，頁252-253。
26 （清）孫振濂撰：〈龍洲集序〉，收錄於祝尚書編：《宋集序跋彙編》（北京市：中華書局，2010年），冊4，頁1782。
27 （宋）劉澥撰：〈龍洲集序〉，收錄於祝尚書編：《宋集序跋彙編》，冊4，頁1781。
28 《龍洲詞校箋》〈附錄三〉（南昌市：江西人民出版社，1999年），頁103。

佚失內容者，曹氏所見為朱祖謀《彊村叢書》本，「古微」為朱祖謀字號，標舉此本為「善中之善者」，為黃丕烈士禮居所藏，就其行款知為宋槧舊鈔本，此本兼留心王朝用、陳西畇本內容，並作校記附於詞後，足見曹氏有意突顯其獨特價值。

第四節　糾舉謬誤，悉心補遺

今可掌握《樂府雅詞》序跋，除宋人曾慥引外，另有清代朱彝尊、秦恩復、伍崇曜、曹元忠跋兩篇、趙萬里跋語、四庫全書總目提要，總計八篇。曾氏引言可知體例，及成書年代為南宋高宗紹興十六年（1146），論詞選卷數，朱彝尊跋語提出陳振孫《直齋書錄解題》載十二卷，拾遺兩卷，與所見三卷本相差甚遠；朱氏根據曾慥引言云「收詞三十四家」，斷定三卷為足本。對此秦恩復跋語另有糾舉云：「《雅詞》卷數與《直齋書錄解題》合。竹垞老人誤以《文獻通考》為解題，作十二卷，其實非也。」[29]今翻檢陳振孫《直齋書錄解題》卷二十一，所載亦是三卷本；論作者生平，伍崇曜、秦恩復關注曾慥仕履、著作，論之甚詳，秦氏另針對拾遺所收詞家之時代，提出質疑，曹元忠跋語對此亦多有著墨，明言採當時通行秦恩復《詞學叢書》本，與伍崇曜《粵雅堂叢書》本對校，隔年另就讀有用書齋所藏竹垞傳鈔本、鶴廬借取士禮居舊藏明鈔本互校，一一糾舉錯謬。

又如〈臨川先生歌曲後記〉。

此《臨川先生歌曲》，從紹興重刊《臨川集》第三十七卷寫出。惟是卷前集句詩，後歌曲，而〈桂枝香〉，又適與〈甘露

---

29 （清）秦恩復撰：《樂府雅詞》〈跋〉，收錄於施蟄存《詞籍序跋萃編》，卷8，頁653。

歌〉相接，故當時曾慥、黃大輿輩皆誤以〈甘露歌〉為詞，明
陳耀文無論已。其實《臨川集目錄》於〈甘露歌〉後標題歌曲
二字，而本卷〈桂枝香〉調下復注歌曲二小字，皆所以別於集
句詩也，特諸家未之察耳。《臨川集》有臨川、金陵、麻沙、
浙西諸本，此紹興重刊本即介甫曾孫鈺所謂臨川龍舒刊行，尚
循舊本者也。其分體，當仍政和間官局所編，故能詳盡如此。
用書卷末以質彊村，彊村復取見諸選本者校列異同，別為補遺
如右。其〈甘露歌〉誤收入《樂府雅詞》及《梅苑》者不復列
入云。曹元忠寫記。[30]

據題記所言「《臨川集》有臨川、金陵、麻沙、浙西諸本」，可窺見王
安石文集版本刊印甚繁。宋徽宗重和元年（1118）門下侍郎薛昂奏請
編整遺文，成書與否，看法參差，祝尚書列舉《四庫總目》「殆為之而
未成」，及余嘉錫《四庫提要辯證》「昂既承詔編集，又已奏置官屬，
時方承平無事，下距靖康之難猶將十年，何至為之而不成？」[31]余氏
之說實有憑據，較為可信。宋時有閩、浙二刊本，撫州知州詹大和據
以此為基礎，於宋高宗紹興十年（1140）重新刊刻為《臨川集》，原
刻已不傳。至紹興二十一年（1151），杭州刻《臨川先生文集》，《鐵
琴銅劍樓藏書目錄》卷二十著錄宋刊本《臨川王先生文集》，附錄王
珏小序[32]，王珏為王安石曾孫，曹元忠留意於此，卻將王安石曾孫之

---

30 金啟華、張惠民等編著：《唐宋詞集序跋匯編》，頁24。

31 余嘉錫：《四庫提要辯證》另引魏了翁：《鶴山大全集・臨川詩集序》「臨川王公遺
　文，獲與編定，薛肇明諸人所編者，卒以靖康多難，散落不存。今世俗傳鈔，已非
　當時善本，故其先後舛差，簡帙間脫，亦有他人之文淆亂其間。」故余氏認為「非
　為之而未成，乃已成之後旋復散落耳。《提要》云云，殆未考此序也。」參見祝尚
　書編：《宋人別集敘錄》（北京市：中華書局，1999年），上冊，卷第七，頁317。

32 據瞿鏞《鐵琴銅劍樓藏書目錄》卷二十〈臨川王先生文集一百卷・宋刊本〉載：「此

名誤作「王鈺」，讀者不可不察。王安石文集版本系統有二：一為《臨川先生文集》，如王珏杭州刻本、明嘉靖二十五年（1546），臨川知縣應雲鷥據重刻詹大和本屬之；一為《王文公文集》，宋龍舒本屬之。曹元忠此題記所言龍舒本為「介甫曾孫鈺（應正作珏）所謂臨川龍舒刊行，尚循舊本者也。」藉此可知，龍舒本實早於王珏本，「龍舒」即舒州（今安徽潛山），此本所收與詹本、王珏本殊異，此版本刊於何時，學者多有討論，大抵界定於南渡之初、紹興年間，「尚循舊本」顯見並非初刊，但此本應為《王文公文集》一脈，曹氏略有混淆。王珏本、龍舒本俱收〈歌曲〉一卷，曹氏所見為後者，並糾舉宋人曾慥、黃大輿皆誤以〈甘露歌〉為詞，直至明人陳耀文編《花草粹編》，陳氏所收〈甘露詞〉下標有題名為「古祝英臺集句」，顯見諸家詞選互有因循，積習未矯，故曹氏糾舉之，詳加考訂，不復收入。此外，曹氏亦頗留心補遺，如〈范文正公詩餘跋〉云：

> 吾郡范文正文集、別集皆無詩餘，此從歲寒堂本補編錄出，乃後人據《花庵詞選》等掇輯，非全帙也。故《苕溪漁隱叢話》前集引《東軒筆錄》云：「范希文守邊日，作〈漁家傲〉樂歌數闋，皆以『塞下秋來』為首句，頗述邊鎮之勞苦。」今只存「衡陽雁去」一調。《敬齋古今黈》云：「《本事曲子》載范文正自前二府鎮穰下營百花洲，親制〈定風波〉五詞，其第一首『羅綺滿城』云云。」今且并此無之，然則公詞散佚多矣。因

臨川曾孫珏刊本前有小序云：『曾大父之文舊所刊行，率多舛誤。政和中門下侍郎薛公，宣和中先伯父大資，皆被旨編定，後懼兵火，是書不傳。比年臨川、龍舒刊行，尚循舊本。珏家藏不備，復求遺稿於薛公家，是正精確，多以曾大父親筆石刻為據，其間參用眾本，取捨尤詳。至於斷缺，則以舊本補校足之。凡百卷，庶廣其傳云。紹興辛未孟秋旦日，右朝散大夫提舉兩浙西路常平茶鹽公事王珏謹題』。」

合《中吳紀聞》所載「與歐陽公席上分題」〈剔銀燈〉詞為補遺。而以《忠宣公集》《和韓持國》〈鷓鴣天〉詞附其後，子統於父。我彊村當亦以為然也。吳曹元忠。[33]

范仲淹（989-1052），字希文，吳縣（今江蘇蘇州）人，與曹元忠同故里。祝尚書詳加考述，引《范文正公墓誌銘》可知「作文章尤以傳道名世，不為空文，有文集二十卷、奏議十七卷、兩府議事三卷」；另就《隆平集》〈范仲淹傳〉知所著《丹陽集》二十卷、奏議十七卷；據《通治》知《范文正公集》十五卷、《丹陽編》八卷。[34]足見范氏文集卷帙歧異，今多不傳，尚可見者唯《范文正公集》，有十五卷、二十卷本，前者並非完帙。

第五節　引經據典，立論翔實

曹氏題跋論及版本，必考察陳振孫《直齋書錄解題》所載，其餘多詳參典籍，如〈宋徽宗詞跋〉引《宋史》〈職官志〉；〈范文正公詩餘跋〉引用胡仔《苕溪漁隱叢話》所載《東軒筆記》及《敬齋古今注》所載《本事曲子》；〈龍洲詞跋〉提及《游宦紀聞》、《陽春白雪》〈外集〉。此外，曹氏論點多立足於清代諸家校讎基礎上，如今可掌握《樂府雅詞》序跋，除編者曾慥引，另有清代朱彝尊、秦恩復、伍崇曜、曹元忠跋兩篇、趙萬里跋語、四庫全書總目提要，總計八篇，以下擇其要點一併討論。論及編輯情況觀之，曾氏引言可知體例，及成書年代為南宋高宗紹興十六年（1146）。《樂府雅詞》選錄由九重傳

---

33 施蟄存主編：《詞籍序跋萃編》，卷2，頁42。
34 祝尚書編：《宋人別集敍錄》（北京市：中華書局，1999年），上冊，卷二，頁88-100。

出之大曲〈道宮‧薄媚〉、〈轉踏‧調笑〉、〈九張機〉等。另因曾氏云
「咸不知姓名」，引發學者懷疑選集作者姓名非出自曾慥，為後人所補
之說。對此王兆鵬引《文獻通考》〈經籍考〉卷七十三載曾氏自序，
作「或不知姓名」，並舉宋人胡仔《苕溪漁隱詞話》前集卷五十九論
《樂府雅詞》之語，論證拾遺部分詞作原標有姓名，只是不全。[35]王
兆鵬此說，頗為精當。

　　論詞選卷數，朱彝尊跋語提出陳振孫《直齋書錄解題》載十二
卷，拾遺兩卷，與所見三卷本相差甚遠；朱氏根據曾慥引言云「收詞
三十四家」，斷定三卷為足本。對此秦恩復跋語另有糾舉云：「《雅
詞》卷數與《直齋書錄解題》合。竹垞老人誤以《文獻通考》為解
題，作十二卷，其實非也。」[36]今翻檢陳振孫《直齋書錄解題》卷二
十一，《樂府雅詞》確實為三卷本，朱氏顯有錯謬。

　　論作者生平，伍崇曜、秦恩復關注曾慥仕履、著作，論之甚詳。
曾慥除編選《樂府雅詞》外，尚輯《宋百家詩選》五十卷及續選二十
卷、《類說》六十卷、《道樞》二十卷、《集仙傳》十二卷等，今存者
僅《類說》及《樂府雅詞》。秦氏另針對拾遺所收詞家之時代，提出
質疑云：

> 拾遺所收，并及李後主、毛祕監之作，則又不止於宋人矣。惟
> 卷首載〈轉踏〉、〈調笑〉、〈九張機〉、〈道宮薄媚〉諸詞，為他
> 選所未及。南宋以後詞人，藉此書十存其五六，即藏書家亦罕
> 著錄。傳寫既久，舛謬滋甚。原本書字不書名，略為注明，以
> 資尋覽。拾遺內如張耒〈滿庭芳〉後段起句之添字且用短韻，
> 沈唐〈霜葉飛〉句讀與各家不同，俞秀老〈阮郎歸〉之減字，

---

35 王兆鵬：《詞學史料學》，（北京市：中華書局，2004年），頁311。

36 （清）秦恩復：《樂府雅詞‧跋》，收錄於施蟄存《詞籍序跋萃編》，卷8，頁653。

> 無名氏〈瀟湘靜〉後段起句之不押韻，無名氏〈卓牌兒〉前後
> 段之減字少押韻，無名氏〈燕歸梁〉與各家句讀不同，皆詞家
> 所當參考者也。刻成，為質其疑義如此。[37]

秦恩復（1760-1843），字近光，號敦夫，自稱小淮海居士，為清朝進
士、文學家。

　　生於乾隆二十五年（1760），乾隆五十二年（1787）進士，改翰
林院庶吉士，散館授編修。讀書好古，所居名「玉笥仙館」，藏書室
名「石研齋」。秦氏針對拾遺所收錯謬之處，多所糾舉。曹元忠跋語
對此亦多有著墨，明言採當時通行秦恩復《詞學叢書》本，與伍崇曜
《粵雅堂叢書》本對校，隔年另就讀有用書齋所藏竹垞傳鈔本、鶴廬
借取士禮居舊藏明鈔本互校，一一糾舉錯謬。

第六節　結語

　　詞集序跋為詞論批評之重要資料，具有理論、史料、文獻價值，
可視為研究詞集的第一手資料，看似鬆散、隨意，細加考察，著實有
助於讀者了解作者、作品、創作背景，以及編次或體例，並可窺見對
作家、作品之評論及相關問題之闡發。曹元忠覃思研精，每考一義必
定博稽他說，通貫源流，不以己意任意穿鑿附會，所撰十五篇宋詞集
題跋之特質，經筆者析論，可得以下數端：

　　其一，諸家交遊、往來熱絡；其二，考索遞藏、釐清版本；其
三，糾舉謬誤，悉心補遺；其四、引經據典，立論翔實。曹氏一生學
養豐富，並得力朱祖謀、董康、吳昌綬諸家相助，得見諸多珍稀版
本，立足前人輯佚成果，另行多次補遺，依循目錄考據家法，嚴謹不

37　同前注。

苟，所見版本往往經過多次校訂、增補輯佚，保存文獻厥功甚偉，同治年間至民國初年，藏書家數量趨於鼎盛，鄧子勉認為有兩次高潮：第一次是清康熙、乾隆年間，以毛扆、朱彝尊為代表；第二次是嘉慶、道光年間，以黃丕烈等為代表。[38]未能關注曹元忠，較為可惜！透過本文，初步探究曹氏所撰宋詞集跋，不僅可知蒐羅善本之功，更可見考證之精，確實不可略而不談。

本文通過東吳大學「第七屆中國古典文獻學國際學術研討會」審查後發表，感謝審查人、講評人給予之寶貴意見。

參考書目

中央研究院中國文哲研究所編委會主編：《第一屆詞學國際研討會論文集》，臺北市：中研院文哲所，1994年。

王兆鵬：《詞學史料學》，北京市：中華書局，2004年。

金啟華、張惠民等編撰：《唐宋詞集序跋匯編》，臺北市：臺灣商務印書館，1993年。

施蟄存主編：《詞籍序跋萃編》，北京市：中國社會科學出版社，1994年。

韋　力編：《著硯樓清人書札題記箋釋》，北京市：中華書局，2019年。

祝尚書編：《宋人別集敘錄》，北京市：中華書局，1999年。

鄧子勉：《宋金元詞籍文獻研究》，上海市：上海古籍出版社，2008年。

鄧子勉：《宋金元詞籍文獻研究》，上海市：上海古籍出版社，2008年。

---

38 鄧子勉：《宋金元詞籍文獻研究》（上海市：上海古籍出版社，2008年），頁418。

盧廣誠：《臺灣閩南語詞彙研究》，臺北市：南天書局，1999年。

龍榆生：《中國韻文史》，上海市：上海古籍出版社，2002年。

第七章
詞選之接受
——論佟世南《東白堂詞選初集》之編纂

第一節　書寫動機及研究目的

　　葉恭綽評清詞壇「託體尊」、「審律嚴」[1]，張宏生則云：「一代清代詞史，就其本質，就是一部尊體的歷史。」[2]清詞壇如百花爭妍，繁盛直承兩宋，詞體不再是小道、豔科，創作蔚為風尚，詞人詞作為歷朝之冠[3]；派別紛立，各家理論觀點鮮明；詞選本與叢編數量更如雨後春筍，極為可觀，引領各派風尚。蕭鵬論詞選特質云：「在保存歷史的同時，它還執行淘汰的任務。詞選適應某類時代審美潮流和社會需要而產生，操選政者事實上扮演了社會輿論化身的角色。」[4]詞選除展現選者好惡及市場需求外，更可作為輯佚、校勘、考證、理論、存史、備調之用，亦可藉此掌握詞壇風氣，尤以清代詞選數量、質量遠勝前代，將宋詞列為範式。孫克強《清代詞學批評史論》云：「清代各詞派不僅都編選有體現本派成員成就、聲勢和特色的當代詞

1　（清）葉恭綽：《清代詞學之攝影》，《近代史料叢刊》（臺北市：文海出版社，1966年），頁782。

2　張宏生：《明清之際的詞譜反思與詞風演變》，收錄於《文藝研究》，2005年4期，頁89。

3　據《全清詞》〈順康卷〉二十冊（含補編四冊）錄詞家兩千一百餘人，詞篇高達五萬首。參見張宏生主編：《全清詞》〈順康卷補編〉，南京市：南京大學出版社，2008年。

4　蕭鵬：《群體的選擇——唐宋人選詞與詞選通論》（臺北市：文津出版社，1992年），頁4。

選本，而且特意在編選古人詞選上大作文章，把詞選本作為闡明本派的詞學主張的工具。」[5]就編選者論之，清代詞壇理論架構、流派觀點鮮明，陽羨、浙西、常州等派，影響卓著，積極編輯詞選以宣揚詞學主張。朱彝尊《詞綜》、張惠言《詞選》，影響最深遠，而陽羨派吳綺、萬樹多鑽研詞律，編有詞譜；另有諸多詞人群體，雖無嚴密組織及完備理論，但彼此唱和，編輯詞選展現相近審美思考及理論觀點，如吳綺為廣陵詞人群體，編有《選聲集》；卓回為西陵詞人群體，編有《古今詞匯》；侯晰為梁溪詞人群體，編有《梁溪詞選》；周銘為松陵詞人群體，編有《林下詞選》等，亦彰顯清代詞學發展活絡。在此之前，清初已有大型詞選問世，清初即有張淵懿編《清平初選後集》、宗元鼎編《詩餘花鈿集》、佚名編《絕妙好詞今輯》、鄒祇謨及王士禎合編《倚聲初集》、顧貞觀及納蘭成德合編《今詞初集》、佟世南編《東白堂詞選初集》、蔣景祁編《瑤華集》、侯文燦編《亦園詞選》、傅燮詷編《詞覯》等。在《倚聲初集》成書後，《瑤華集》問世前，佟世南編《東白堂詞選初集》堪稱最大型之明末清初詞選本，自有獨特價值可探尋，然卻罕見研究者著墨於此。

《四庫全書總目》云：「一則網羅放佚，使零星雜什，並有所歸；一則刪汰繁蕪，使莠稗咸除，精華畢出。是固文章之衡鑒，著作之淵藪也。」[6]可見將總集區分為全編及選集兩大類，全編著重一時代或一類型作品的搜羅；選集則偏重某一觀點來擇取作品，足見選集性質，最為特出。詞選為重要的傳播媒介，由歷代作品中擇取經典，編纂成書，實有其功能存在。因詞體被歸屬於小道，多不入作者文集，較易散失亡佚，透過詞選，得以保存；詞選擇取作品，亦多見個人好惡，寓含選者觀點，亦可窺見當時代閱讀好尚，經由選詞因素、

5　孫克強：《清代詞學批評史論》（北京市：中國社會科學出版社，2008年），頁238。
6　（清）永瑢等：《四庫全書總目》（北京市：中華書局，1965年），頁1685。

選詞標準，亦可體察詞選家之見解，深具理論價值，可為學詞創作者的圭臬，辨別詞體正、變，掌握學詞之門徑；透過詞選，亦可校補詞作脫闕及誤字，考證詞作年代及真偽。明清時期，大量編纂譜體詞選，標舉詞體範式，可為後學師法，乃詞選之特殊體製，故透過詞選中作者、作品入選數量的多寡，及其入選率最高的作品，可探究作者的影響力，透過各個時代的詞選，可深入考察當時代詞學觀及詞學思潮的變遷。

　　佟世南（生卒年不詳），字梅岑，屬滿州人，佟佳氏。其父佟國器於順治二年任浙江嘉湖兵備道，原籍遼東襄平，後移居江蘇南京，歷任福建、江西、浙江巡撫，直至順治十七年被革職，方退寓南京，訂舊增新完成了明朝末年佟卜年初定的《佟佳氏宗譜》。佟世南自幼隨之輾轉諸地，少年時曾投身軍旅，任江寧駐防，至康熙年間任臨賀知縣，著有《東白堂詞》、《鮓話》、《附耳書》等。佟氏善於填詞，《全清詞》〈順康卷〉錄佟世南詞六十三首，以小令為主，然涉及佟世南之評論卻屈指可數，（清）曹溶曾云：「東白詞纏綿婉約，當與柳屯田、秦淮海爭長。」[7]游國恩〈清初的詞派與詞人〉論納蘭性德亦提及佟氏云：「與他風格相近的作家有佟世南、顧貞觀等。佟亦滿洲人，詞亦纏綿婉約。」[8]足見其詞當屬風格婉麗之作，意境幽遠，曲折含蓄，詞風與納蘭性德近似；康熙十七年編定《東白堂詞選初集》十五卷，選錄明末清初詞家三百七十四人，詞作一千六百八十九首，堪稱《倚聲初集》問世後，蔣景祁《瑤華集》付梓前之最大型詞選。

　　然歷來學界針對佟世南及《東白堂詞選初集》之關注甚是單薄，嚴迪昌《全清詞》亦未曾予以著墨，現今可見之專門研究，僅胥洪泉

7　（清）馮金伯編：《詞苑萃編》，收錄於《詞話叢編》（北京市：中華書局，2005年），冊2，卷8，頁1936。

8　游國恩：《中國古代文學史》，北京市：人民文學出版社，2002年。

〈簡論滿族詞人佟世南〉一文[9]，標舉佟氏清麗自然、含蓄婉曲、韻味深長之詞體風格，以及所編詞選反對雕琢，推崇含蓄蘊藉之風，卻未能突顯佟氏編輯詞選本之功。閔豐《清初清詞選本》一書將《倚聲初集》、《瑤華集》譽為「清詞人最善之選本」，並明言《今詞苑》選詞嚴格用心，《今詞初集》為傳詞佳構，《絕妙好辭今輯》為湮沒日久的珍存詞籍，卻以《東白堂詞選初集》合明清兩代，選域偏重西陵，以及篇幅與《倚聲》、《瑤華》二集有差距，而斷定此集作為大型綜合性詞選的特性是不夠完整的[10]，此論雖自有見的，卻對於該集之價值略而不談，難免有失客觀公允。故本文擬就《東白堂詞選初集》之甄選意識及編排方式予以關注，並以今可見之北京圖書館藏清康熙十七年刻本[11]，與《全清詞》〈順康卷〉二十冊（含補輯四冊）[12]所錄相對照，逐一比對後補輯失收詞及區辨詞句異文，指出《全清詞》〈順康卷〉編選未全及錯謬之處，藉此更可言而有據地彰顯佟世南《東白堂詞選初集》於詞學研究里程上的特殊意義及價值。

第二節　《東白堂詞選初集》之編纂動機

　　清初清詞選集編纂風氣已盛，計有初刊於順治十七年，由鄒祗謨

9　胥洪泉：〈簡論滿族詞人佟世南〉，收錄於《民族文學研究》，2003年2月，頁73-77。

10　閔豐云：「《東白堂》一選合明清兩代，乃是從明初開始，雖然實際重心仍在當代，但是編選者稱爰自故明、本朝合選，不分軒輊，選域已不如《倚聲初集》、《瑤華集》之明晰集中，所選之詞又最為偏重西陵一地，與《清平初選後集》偏重雲間一樣，都帶有較大的侷限性，況且這兩種詞選的篇幅也仍然與《倚聲》、《瑤華》二集有差距，作為大型綜合性詞選的特性是不夠完整的。」見氏著：《清初清詞選本》（上海市：上海古籍出版社，2008年），頁56。

11　本文所引用《東白堂詞選初集》俱依北京圖書館藏清康熙十七年刻本，收錄於《四庫全書存目叢書》，集部詞曲類，冊424。

12　張宏生主編：《全清詞》〈順康卷補編〉（南京市：南京大學出版社，2008年）。

及王士禎合編《倚聲初集》二十卷，選詞一千九百一十四首；及刊刻
於康熙十六年，由顧貞觀及納蘭性德合編的《今詞初集》，僅兩卷，
選錄詞人一百八十四家六百餘篇詞作。而《東白堂詞選初集》十五
卷，以調編次，分三百五十八調，錄詞一千六百八十九首；至康熙二
十五年蔣景祁編選《瑤華集》二十二卷，選錄明末清初詞人五〇七
家，詞作三千四百六十七首之前，堪稱繼《倚聲初集》後，體製最為
宏大之詞選集。編輯者佟世南雅好文學，寓居南京時多與江南文人士
紳往來密切，致仕歸鄉時，陸進、洪雲來、俞士彪均填〈洞庭秋色·
送佟梅岑歸金陵〉詞[13]相贈，足見諸家多有詩文詞應和唱酬，情誼深
厚，尤與陸進、張星耀往來最為密切，〈東白堂詞選初集小引〉記載
佟氏至武林與兩人臨風酌酒、把臂論文，論及詞體，遂感慨云：

> 詩餘選本唐宋以前不下數十種，而故明諸家及本朝著作未得合
> 選，以成巨觀遂刻，期蒐集得若干首。……隨付梓人刊之棗
> 梨。第成書甚速而所見遂不能廣，故海內名家十不及一二，容
> 俟次集廣徵，庶無遺珠之憾也[14]

陸進，字藎思，浙江仁和人。歲貢，官溫州訓導，尤工於詩，與西冷
十子互有唱酬，樂而不倦，生平可參《杭州府志》卷一百四十五，其
詩古風以漢魏為法；近體以初盛唐為宗，於雅俗之閑，蓋最致謹，與
弟雋及，及友人王嗣槐、王晫有《北門四子合刻》，著《巢青閣集》、
《付雪詞》。陸進曾填詞讚佟氏云：「屈指十年詞壇，冷落盡、酒侶詩
儔。賴君家崛起，詞填彩筆，騷人高會，酒泛金甌。」[15]與之往來

13　同前注10。
14　同前注10。
15　同前注10。

者，尚有張星耀（生卒年不詳），約一千六百九十二年前後在世，原名臺柱，字砥中，浙江錢塘人，師事沈謙，官至內閣中書。精擅詞作，與丁澎、陸進等有唱和，著有詞論十三則，可彰顯個人之詞學觀，有〈晚妝〉、〈春衫淚〉、〈翦春絲〉、〈淡掃蛾眉〉等自度曲，現有《洗鉛詞》三卷傳世。選者精心輯錄甄選，不僅選擇符合詞譜格律之作以供後世詞愛好者反覆學習揣摩，更在甄選過程中融入好尚。《東白堂詞選初集》十五卷，由佟世南主編，陸進、張星耀襄助校訂，是故集中亦多見三人之作，以張星耀百餘首居冠。卷首陸進撰寫序言一篇，佟世南亦自述〈東白堂詞選初集小引〉，藉此可略窺編纂者之編選動機及目的，茲探析如次：

一　確立「學詞正法」

　　明詞向來評價不高，詞選編纂者已有意識反省詞體格律，試圖建立規範，並兼具選詞及訂補作用，稱為「譜體詞選」、「選體詞譜」。[16]清初順治、康熙年間詞壇編纂風氣愈盛[17]，可知清人欲標舉範式，強調詞體律法，以為初學者門徑，可供後學師之。佟世南亦有此思考，針對編纂目的云：

---

16 一般通稱「詞譜」，但對於譜、選難分者，近代學者多所討論，就其名稱如江合友云：「有些形式上接近詞選，卻明確聲明了訂譜意圖的詞學著作，表現為譜、選難分的型態，我們歸為『選體詞譜』。」參見江合友著：《明清詞譜史》（上海市：上海古籍出版社，2008年5月），頁81。蕭鵬：《群體的選擇──唐宋人選詞與詞選通論》則稱此類詞選為「譜體詞選」（臺北市：文津出版社，1991年），頁50。因明清編纂多採先選詞、後製譜之法，故本文依從蕭鵬之說，定名為「譜體詞選」。

17 據筆者統計順治、康熙年間編纂之譜體詞選今可得見者計有吳綺《選聲集》、賴以邠《填詞圖譜》、郭鞏《詩餘譜式》、萬樹《詞律》、徐本立《詞律拾遺》、杜文瀾《詞律補遺》、王奕清奉敕編《欽定詞譜》、秦巘《詞繫》、葉申薌《天籟軒詞譜》、陳銳《詞比》、舒夢蘭《白香詞譜》等十一部，數量確實不容小覷。

我朝定鼎三十年來，詞人蔚起，穠麗者彷彿二唐；流暢者居然
北宋。第好尚不同，趨舍各異，嘗欲訂一選以為詞學正法。[18]

又云：

戊午（1678）春遊武林，晤陸子蓋思、張子砥中，言有水乳之
合，遂共搜散佚，以圖付梓。唐宋之詞，並有《花間》、《草
堂》二集，……明詞選本從無善者，昭代遂有《倚聲》、《今
詞》二選，其時詞未盛行，後來作者多未及見，猶有遺憾。爰
自故明、本朝合選，編次十五卷。雖未遠搜博采，而二唐兩宋
之體裁已大備於斯矣。[19]

此外，編者陸進亦有詞體演進論云：

夫詩之不得不變而為詞者，其勢也……唐以詩取士且定為例，
以成一代制作，何以忽變而為詞？蓋樂府亡而審音之道息，天
地自然之聲有終，非律之所能繩束者，於是鬱勃於人心而流暢
於聲調，特假仙才之供奉以發其端，繼此而作者日繁，驚才豔
艷盡變極研，數百年來引商刻羽為之或絕。余故謂唐《花間》
一選，則詞之發源也；宋之《草堂》、《尊前》、《絕妙》諸選，
則放而為江海也；至於《詞統》止於明；《倚聲》、《詞苑》又
僅及於昭代。[20]

18　（清）佟世南：〈東白堂詞選初集小引〉，同前注10。
19　（清）佟世南：〈東白堂詞選初集小引〉，同前注10。
20　（清）佟世南：〈東白堂詞選初集小引〉，同前注10。

佟世南認為唐宋詩餘有《花間》、《草堂》諸集，並對明詞選本予以全
盤否定，清初詞家方有《倚聲》、《今詞》二選，但因所見未臻全面，
蒐羅未富，難免遺珠，故與摯友陸進、張星耀兩人商榷去取，匯前明
及當代詞人所著為一編，其曰初集者以所見未廣，尚當續成二集也。

二　矯正「華靡浮艷」之風

　　明嘉靖至末代，詞選多如雨後春筍[21]，體製多宗《草堂詩餘》，選
錄難脫其遺緒，為迎合世俗，多選流麗平易之作，尤以萬曆年間，最
為顯著。就其選詞特質及影響，黃河清序云：「夫詞體纖弱，壯夫不
為，獨惜篇什寂寥。彼歌金縷、唱柳枝者，其聲宛轉易窮耳。所刻續
集中，如李後主之秋閨，李易安之閨思，晏叔原之春景，……以此數
闋，授一小青娥，撥銀錚，倚綠窗，作曼聲，則繞梁遏雲，亦足令多
情人銷魂也。」[22]龍沐勛〈選詞標準論〉云：「獨《草堂詩餘》流播最
廣，翻刻最多，數百年來，幾於家絃戶誦，雖類列凌亂，雅鄭雜陳，
而在詞壇之勢力，反駕乎《花間》、《尊前》之上。」[23]《草堂詩餘》
選錄重於通俗便歌，用以娛賓遣興，卻深切影響後世詞壇，積弊叢
生。清編詞選力矯此風，尤以浙西詞派宗主朱彝尊所言最為直接，
《詞綜》〈發凡〉云：

> 獨《草堂詩餘》所收最下、最廣，三百年來，學者守為兔園

---

21 蕭鵬：《群體的選擇——唐宋人選詞與詞選通論》：「嘉靖至明末，詞選也出現所謂
　　繁榮景象。估計這期間產生的詞選，不下一、二百種」，頁231。
22 （清）黃河清：《草堂詩餘》〈序〉，收錄於金啟華等編著：《唐宋詞集序跋匯編》
　　（臺北市：臺灣商務印書館，1993年），頁397。
23 龍沐勛：〈選詞標準論〉，《詞學季刊》第1卷第2號（1933年8月），頁5。

冊，無惑乎詞之不振也。[24]

《新五代史》〈劉岳傳〉載：「兔園冊者，鄉校俚儒教田夫牧子之所誦
也。」[25]本指流行民間之讀本，後泛指膚淺書籍、學問。另又逐一糾
舉兩大弊端云：

> 填詞最雅無過石帚，《草堂詩餘》不登其隻字，見胡浩立春即
> 席而作，蜜殊詠桂之章，亟收卷中，可謂無目者也。
> 宋人編集歌曲，長者曰慢，短者曰令，初無中調、長調之目。
> 自顧從敬編草堂詞，以臆見分之，後遂相沿，殊屬牽率。
> 宋人詞集，大約無題，自《花庵》、《草堂》增入閨情、閨思、
> 四時景等題，深為可憎，今俱準本刪去。[26]

足見朱氏以雅為好尚，汪森序亦標舉「醇雅」，俱以姜夔為高格，《草
堂》未選，卻收遊戲應酬之作，顯然失當。然於朱彝尊《詞綜》〈發
凡〉力紬《草堂詩餘》弊病之前，清初詞選編纂已針對《草堂詩餘》
多有批評，如《倚聲初集》承繼雲間詞派標舉花間品格，追溯五代兩
宋詞風，有意藉由傳統詞體力振元明以來鄙俗之風。明末清初雖不免
固守《花間》、草堂》遺緒，小令競趨側豔，慢詞多宗蘇辛，然眾多
詞家溯流窮源，崇尚風雅，獨闢門派，確實別開生面。而佟世南編選
《東白堂詞選初集》對明詞已深有不滿，主張云：

> 至故明唯《寫情》、《湘真》二集，高朗秀豔，得兩宋軌則，餘

24　（清）朱彝尊、汪森編：《詞綜》（上海市：上海古籍出版社，2008年），頁11。
25　（宋）歐陽脩：《新五代史》〈劉岳傳〉（臺北市：臺灣商務印書館，1991年）。
26　（清）朱彝尊、汪森編：《詞綜》（上海市：上海古籍出版社，2008年），頁14。

如瞿、王、二楊諸子，唯以追逐字句，點染為工。求其風流蘊藉，句韻天然者，渺難覯矣。下此非叫噪怒罵，則淫褻俚俗，不知詞之立體，何如乎一變至此，真詞之厄也。此種一入初學之眼，遺害匪小，所宜痛絕之。

明詞歷來評價不高[27]，佟氏之說顯見對此而發，且直陳其弊為雕琢文句，失去天然蘊藉，更下層者則流於「淫褻俚俗」，初學者不可不慎。此外，陸進〈序〉云：「新聲迭起，人握驪珠，洋洋乎成巨浸矣。雖然前此諸選或取遠而略近，或舍舊而謀新，皆自為一代之書，未有合勝國本朝而會萃其美者。余既與俞子季瑮竣事《西陵詞選》，方將搜輯散軼彙為一書，以成大觀。……爰以就正當世，庶以見詞學之盛我朝定鼎三十年來，詞人蔚起，穠麗者彷彿二唐，流暢者居然北宋，第好尚不同，趨舍各異。」（清）沈修〈彊村叢書序〉云：「詞興於唐，成於南唐，大昌於兩宋，否於元，剝於明，至我清又成地天之泰。」[28]足見確立學詞正法，力矯明詞弊病，實乃有意標舉清詞地位。

第三節　《東白堂詞選初集》之編選體例及擇選標準

詞選編纂起源甚早，目的可概分為便歌、傳人、開宗、尊體四

---

27 （明）錢允治究明詞衰頹之因云：「騷壇之士，試為拍弄，才為句掩，趣因理湮，體段雖存，鮮能當行。」（明）錢允治輯：《類編箋釋國朝詩餘》，《續修四庫全書》（上海市：上海古籍出版社，2002年），集部，冊1728，頁212。王易曾直言明詞之弊云：「作者固多，然詞不逮宋，曲不敵元，步古人之墟，拾前賢之唾而已。以視往代，信乎其以為病也。」見氏著：《中國詞曲史》（北京市：團結出版社，2006年），頁331。

28 （清）沈修：〈彊村叢書序〉，見朱孝臧輯校：《彊村叢書》（上海市：江蘇廣陵古籍刻印社，1989年），上冊，頁3。

類[29]，自宋迄今又可劃分為四大時期：一為唐五代萌芽時期：編選者多屬樂工或無名氏，是選歌以便演唱之底本；二為宋金元成熟時期：此期選本類型轉變，選詞以應歌漸次轉換為選人、選詞，詞選編纂者也由詞人或書坊所取代；三為明代延續時期：此期詞選數量漸增，選詞風氣盛行，但錄詞態度未能嚴謹，互有依循；四為清代，為全盛時期：此期詞選體例健全，類型繁多，詞派紛立，且清代選者治學嚴謹，編纂詞選不遺餘力，故體例最為精善。詞選多載有序跋，為第一手資料，讀者藉由詞選本序跋，可掌握成書情況、選詞標準，亦可體察詞學見解，深具理論價值。《東白堂詞選初集》十五卷，以調編次，分三五八調，錄詞一六八九首，除明代詞家之外，其餘均為清初詞人，集前佟世南自撰〈凡例〉八條，陸進撰序一篇，張星耀論詞十三則，藉此可略窺編纂者之選詞標準及體例，茲探析如次：

一　編排方式：以調編次，略加圈讀

清初編纂明清詞人之選甚夥，《東白堂詞選初集》編於《倚聲初集》後，《瑤華集》問世前，均屬選詞數量甚繁之大型詞選，就擇錄範圍論之，三者皆匯選明清之際詞篇，以清為主；就編排方式論之，《倚聲初集》採行分調編次之法，實乃依循明代萬曆以降分調本《草堂詩餘》，當時《花草萃編》、《古今詞統》、《古香岑草堂詩餘四集》均一系相承。南宋書坊商賈為便於擇唱匯編《草堂詩餘》，帶有實用取向，堪稱流行歌本，原採分類編選，前集編列春景、夏景、秋景、冬景四類；後集擇列節序、天文、地理、人物、人事、飲饌器用、花禽等七類，各類下別立子目六十六條，便於應歌、便歌而作，為宋代

---

29 龍沐勛：〈選詞標準論〉，《詞學季刊》第1卷第2號（1933年8月），頁1。

分類詞選之代表；至明嘉靖庚戌顧從敬四卷本始有改易，吳昌綬跋語亦評之云：「惟其出坊肆人手，故命名不倫，所采亦多蕪雜，取便時俗，流傳浸廣。」[30]後由分類編次轉以小令、中調、長調編排。清初詞壇亦多採此法，《東白堂詞選初集》體例論之，亦屬此類，與朱彝尊、汪森同年纂修之《詞綜》所採以人繫詞之法迥異，浙西詞派興起後，崇尚醇雅之風引發對《草堂詩餘》之檢討，亦有意採以人為序之編排法取代分調本詞選，柯崇樸《詞綜》〈序〉云：

> 所患向來選本，或以調分，或以時類，往往雜亂無稽，凡名姓、里居、仕，彼此錯見，後先之序，幾于倒置，況重以相沿日久，以訛繼訛，於茲之選，可無詳訂以救其失？[31]

足見當時對分調編排已有批評。《東白詞選初集》與《倚聲初集》，均採以調編次之法，《倚聲初集》二十卷中小令多達十卷，中調四卷，長調六卷；佟氏所收則是卷一至卷六為小令，卷七至卷九為中調，卷十至卷十五為長調，兩集所收均以小令、長調為夥。後來《瑤華集》則不依循於此，而採詞調字數長短排序之法，然佟世南編選《東白堂詞選初集》時，並非盲目依循前人編排之法，實乃經過思考及取捨。據〈凡例〉可知，佟氏認為姓氏鱗次序位殊難，前代作者向有定列，但時賢名諱先後難以臆度，因此決定採行詞調先後儔列之方式。分調編次意在備調存詞，俾便習作，《東白堂詞選初集》對字句略加以圈斷，亦有便於初學之考量。

---

30 （清）吳昌綬：《草堂詩餘》〈序〉，收錄於施蟄存：《詞籍序跋萃編》，卷8，頁672。

31 （清）朱彝尊、汪森編：《詞綜》（上海市：上海古籍出版社，2008年），頁2。

二 略加校正：反省明坊刻本之弊

清代詞集選本體例，主要有序及發凡、目錄、作品、評點、跋語等部分，較之他朝所選，特顯完備。然佟氏〈發凡〉云：「自慚管見，未敢輕置一辭」，顯然並未加以評點，但對明詞坊刻之弊卻已有所關注云：

> 明人諸作坊刻多訛，既符帝虎之文，莫辨魚魯之字，斯刻成雖甚速，然廣集群書，既為較正。[32]

詞濫觴於唐，兩宋蔚為鼎盛，金元不振，至明則多有衰敝之譏，但明詞壇實際上具有承上啟下之功[33]，明代詞集刊刻出版及書坊經營，皆承宋代以來印刷技術進步影響，趨於繁盛，詞集選本便是在此時空環境下湧現，為詞體傳播提供有利之條件。後世劣評多就詞體而發，如（明）陳霆《渚山堂詞話》云：「予嘗妄謂我朝文人才士，鮮工南詞。間有作者，病其賦情遣思，殊乏圓妙，甚則音律失諧，又甚則語句塵俗，求所謂清楚流麗，綺靡蘊藉，不多見也。」[34]至清代朱彝尊、鄭方坤、丁紹儀、陳廷焯等人，言論更為激切。[35]《東白堂詞選

---

32 同注10，冊424，頁521。

33 黃拔荊云：「明詞承先啟後的作用，還不僅表現在詞的創作時間方面，更為突出的還體現在對詞的選編、整理和研究方面。」見氏著：《中國詞史》（福州市：福建人民出版社，2003年），頁4。

34 （明）陳霆撰：《渚山堂詞話》，收錄於唐圭璋編：《詞話叢編》（北京市：中華書局，2005年），冊1，卷3，頁378。

35 （清）朱彝尊〈水村琴趣序〉云：「詞自宋元以後，明三百年無擅場者」，收錄於馮乾：《清詞序跋彙編》（南京市：鳳凰出版社，2013年），冊1，卷4，頁338；鄭方坤：〈論詞絕句三十六首〉云：「有明一代孰鄒枚，蘭畹風流墜劫灰。解事王楊仍強作，頹唐下筆況粗才」，收錄於《蔗尾詩集》卷5；丁紹儀：《聽秋聲館詞話》云：

初集》較諸同時代清詞選本，確實難免錯謬，卻亦頗留心於對校諸家版本，以求正確。

三　兼容並蓄：廣收各地域、詞派

　　清初選詞編纂之風極盛，《東白堂詞選初集》編選於易代之初，不似《柳洲詞選》專收明清嘉善詞人[36]，不似《清平初選後集》選詞偏重雲間，亦不似《昭代詞選》輕視貳臣[37]，所選詞人籍貫涵蓋甚廣，足見《東白堂詞選初集》擇錄詞人地域不限於一地，亦不帶門戶之見，未見偏愛，某一詞派作品，茲臚列所錄明清詞人及其詞作逾十首者如次：

姓名	里籍	入選數量	姓名	里籍	入選數量
梁清標	真定（京師）	37	宋徵輿	華亭（江南）	29
佟世南	遼陽	61	吳綺	江都（江南）	27
吳棠禎	山陰（浙江）	19	陸進	仁和（浙江）	47
沈謙	仁和（浙江）	73	沈豐垣	錢塘（浙江）	46
佟國瓛	遼陽	11	曹爾堪	華亭（江南）	15
丁澎	仁和（浙江）	22	楊慎	新都（四川）	20
王世貞	太倉（江南）	12	陳子龍	華亭（江南）	29

　　「就明而論，詞學機幾失傳矣」，收錄於唐圭璋編：《詞話叢編》，冊3，卷9，頁2689；陳廷焯《詞壇叢話》云：「詞至於明，而詞亡矣」，收錄於唐圭璋編：《詞話叢編》，冊4，頁3728。

36　清順治年間錢瑛、戈元穎、陳謀道合編《柳洲詞選》六卷，據吳熊和統計共收錄嘉善詞人159家，詞作537首。

37　（清）蔣重光《昭代詞選》〈凡例〉云：「前明科甲臣工又入仕本朝，如吳梅村、曹秋岳、梁蒼巖等諸人，詞俱名家，然取冠本朝，殊乖教忠之道，一概置而不錄，於體為宜。」

姓名	里籍	入選數量	姓名	里籍	入選數量
王士禛	新城（山東）	37	鄒祗謨	武進	19
陳維崧	宜興（江南）	17	董俞	松江	16
潘雲赤	仁和（浙江）	12	俞士彪	錢塘（浙江）	36
張星耀	錢塘（浙江）	110	洪雲來	錢塘（浙江）	25
毛甡	蕭山	16	陳慈永	海寧	10
尤侗	吳縣	11	王晫	仁和（浙江）	16
顧貞觀	無錫（江南）	16	彭孫遹	海鹽（浙江）	39
汪懋麟	揚州	13	張綱孫	杭州（浙江）	10
吳儀一	杭州（浙江）	10	陳霆	德清	14

第四節　《東白堂詞選初集》對詞學研究之貢獻

　　詞選本與詩話、筆記、詞籍序跋、詞話、論詞詩、論詞長短句（論詞詞）、詞篇評點、詞選箋注等同屬詞學批評之重要材料[38]，透過詞選，作品得以保存，並可窺見編者好惡，寓含詞學觀點，體察當代詞壇風氣；更具有輯佚、校勘、考證、存史、備調等價值，因清初《倚聲初集》成書甚早，且編選自鄒祗謨及王士禛等名家之手，使得成書於後之選本相形失色，而後又因陽羨後學蔣景祁於康熙二十六年選刻《瑤華集》，及浙西詞派崛起，朱彝尊薈萃諸名家心力編成《詞綜》[39]，影響力幾乎涵蓋清朝中、後期，《東白堂詞選初集》在清初詞

---

38 王偉勇：〈《清代詩文集彙編》之詞學價值〉，收錄於王偉勇、趙福勇合編：《清代論詞絕句初編》（臺北市：里仁書局，2010年），頁1。

39 （清）朱彝尊：《詞綜》〈發凡〉云：「佐予討論編纂者，汪子而外，則安丘曹舍人升六，無錫嚴徵士蓀友，江都汪舍人季角，宜興陳徵士其年，華亭錢舍人葆馚，吳江俞處士無殊、休寧汪上舍人元禮、李徵士武曾、李布衣分虎、沈秀才山子、柯孝

壇之定位不明，所具有之貢獻幾乎被略而不談，實乃有失公允，實際上《東白堂詞選初集》匯集明末清初詞作，《全清詞》〈順康卷〉編修時多有參酌，計有兩大貢獻：其一為保存珍貴詞學研究史料，諸多詞人詞作均賴此以存；其二，則是有助於《全清詞》〈順康卷〉（含補編）之校補，茲分別探析如次：

一　保存珍貴詞學研究史料

《四庫全書總目提要》云：「一則網羅放佚，使零星雜什，並有所歸；一則刪汰繁蕪，使莠稗咸除，精華畢出。是固文章之衡鑒，著作之淵藪也。」[40]總集可概分為全編及選集兩類，全編匯編同時代或同類型；選集則秉持特殊觀點擇取作品。由歷代作品中擇取經典，編纂成書，實有其功能存在。因詞體被歸屬於小道、艷科，不願編入文集，較易散失亡佚，透過詞選，得以保存；詞選擇取作品，亦多見個人好惡，寓含選者觀點，亦可窺見當時代閱讀好尚，經由選詞因素、選詞標準，亦可體察編者見解，深具理論價值，可為學詞創作者的圭臬，辨別詞體正、變，掌握學詞之門徑；透過詞選，亦可校補詞作脫闕及誤字，考證詞作年代及真偽。其一，賴《東白堂詞選初集》選錄而得以留存之作：因詞人未有詞集，其他選本亦未曾收錄，例如羅坤五首、佟國璸十一首、佟國器六首、沈聖昭四首、錢瑤三首、陸浣五首、張戩五首、張振孫二首、張宇泰一首、張文宿二首等，均獨存於《東白堂詞選初集》；此外，僅擇取一首者亦多達半數以上；其二，保留諸多詞作題序，均可視為珍貴之詞學研究材料。

廉翰周、浦布衣傳功、門人周瀟岳」，同前注，頁12。按：十餘位相助者中，除汪元禮、浦傳功、周瀟岳三人外，本名依次為：曹貞吉、嚴繩孫、汪懋麟、陳維崧、錢芳標、俞南史、李良年、李符、沈進、柯維楨。

40　（清）永瑢等：《四庫全書總目提要》（北京市：中華書局，1965年），頁1685。

二　有助《全清詞》〈順康卷〉（含補編）之校補

　　《全清詞》〈順康卷〉（含補編）收詞家兩千一百餘人，詞篇高達五萬首，可見清初壇振興，繁盛直承兩宋，詞人、詞作數量遠勝歷朝規模，實非前代所能企及，諸多珍本佳詞多賴此得以面世，可為學界取資，輯錄者確實厥功甚偉。《全清詞》〈順康卷〉整理之時已廣事蒐羅珍本，並參酌各類詞選集，《東白堂詞選初集》亦在查考之列，其中諸多詞人、詞作更端賴《東白堂詞選初集》而存，如金張、王宗蔚之作。然因編纂工程龐大繁瑣，資料更是浩如煙海，不得不出於眾家之手，故失收、錯謬在所難免，且學界尚未見以《東白堂詞選初集》為主進行全面輯補之學術專著或期刊論文，不免深以為憾，故筆者就《全清詞》〈順康卷〉二十冊（含補編四冊）與《東白堂詞選初集》所載詞人三七四家，詞篇一千六百八十九闋逐一細加比對，可輯補四家四闋如次：

（一）增補佚收之作

作者	詞牌
徐釚	長相思・秋夜獨坐
陳永成	搗練子・天台道中
梁清標	望江南・鄉思
吳焜	漁父・本意

（二）查考歧異之文

	作者	詞牌及首二字	全清詞順康卷	東白堂詞選
1	周積賢	南歌子·春思	倚聲順康作玉篆沉梟（冊六）	玉篆銅梟（卷一）
2	沈謙	荷葉杯·春悶偶成	末兩句順康作愁摩愁（冊四，頁 1982）	東白作愁麼愁（卷一）
3	曹爾堪	搗練子·廬州廣華寺旅懷	白帢青螺絆客愁（冊四，頁 1293）	白帢青螺伴客愁（卷一）
4	周禹吉	搗練子·舟中作	末句順康依西陵作杏花風雨濕春衫（冊四，頁 2203）	杏花香雨濕春衫（卷一）
5	佟國鼎	望江南·宿宣和古廟即事	瑤華　倚聲初集同	覓宿處，落日映山紅。 百尺松濤吹晚浪，幾枝樟蔭挂秋風，歸夢繞關東。
6	吳綺	江南春·春情	煙歸花影直（冊三，頁 1696）	煙歸花影暗（卷一）
7	吳綺	相見歡·吳興感事	古今事（冊三，頁 1699）	今古事（卷一） 多部詞選都做此
6	周積賢	望江南·銀箭	首句銀箭落（冊六，頁 3499）	東白作銀箭度（卷一）
7	陳玉璂	望江南·風度	第四句作看來芳草夢痕青（冊十三，頁 7755）	夢來芳草淚痕青（卷一）
8	毛萬齡	瀟湘神	叢嶂迷，青草淒（冊五，頁 2741）	叢嶂迷，叢嶂迷（卷一）
9	李天馥	憶王孫·妒春	妒春良夜愛春朝（冊十二，頁 7031）	春禽恰恰噪林梢

	作者	詞牌及首二字	全清詞順康卷	東白堂詞選
10	丁澎	憶王孫・春禽	順康作斜月朦朧骨玉欄（冊六，頁 3153）	東白作冐　（見原稿是骨）
11	鄭景會	憶王孫・萋萋	萋萋<u>嫩綠</u>遍江垠，<u>細浪輕煙襯 夕 曛</u>（冊十五，頁 **8650**）	萋萋<u>芳草</u>遍江垠，處處殘紅點綠茵
12	董元愷	如夢令・枝上	曲徑<u>古</u>雲深（冊 6，頁 3237）	曲徑<u>暗</u>雲深
13	陸進	如夢令・秋夜	村酒<u>且</u>留殘，<u>還向</u>風波奔走（冊 8，頁 4319）	村酒<u>莫</u>留殘，<u>長是</u>風波奔走
14	周季琬	訴衷情・夏夜	<u>幽幽</u>，暮山相對愁（冊 5，頁 2774）	**悠悠**，暮山相對愁
15	李天馥		烏夜啼（應是相見歡36字體）順康，百名家詞鈔並誤 順康上片末句作畫橈香（頁 7032） 怕摘青青蓮子有空房，順康作怕折，百名家詞鈔，東白並作怕摘，用平仄看也是摘，摘是入聲韻	東白堂作晚風香，依詞意東白合，用平仄判也是晚風香

（三）題目之異

	作者	詞牌及首二字	全清詞順康卷	東白堂詞選
1	羅坤	南歌子・雪後	泊燕子磯	泊燕子磯（卷一）
2	牛奐	南歌子・玉漏	順康作春懷	東白作春夜 瑤華作春閨
3	周積賢	南歌子・玉篆	同倚聲初集作春詞	春思

	作者	詞牌及首二字	全清詞順康卷	東白堂詞選
4	毛萬齡	望江南・啼鳥	X	落星岡（卷一）
5	吳棠禎	南鄉子・天斷	本意，用歐陽舍人體	粵中
6	鄭景會	憶王孫・萋萋	詠草	芳草（卷一）

第五節　結語

　　文獻輯佚誠屬不易之事，《全清詞》順康、雍乾卷編者群幾經數十年耕耘，繼葉恭綽《全清詞鈔》後出轉精，數量遠勝外，更增列詞人生卒年、重要經歷、著作等項目，並逐闋校對、勘誤，就文獻之整編及保存，自是價值獨具、貢獻卓著；然因資料浩如煙海，蒐整不易，難免重出複見、體例不一、收錄未全、版本不佳、校勘有誤、句讀未善等問題，將《全清詞・順康卷》（含補編）與佟世南《東白堂詞選初集》對校，藉此突顯其價值，茲就本文所得分述如下：

　　其一，佟氏群體編纂態度慎：佟世南《東白堂詞選初集》編於清代詞風漸變之時，與友朋間共同編纂，秉持要義鮮明，就序可具體掌握他反對雕琢、摒棄淫靡，推崇婉麗流暢、含蓄蘊藉風格的主張。不為詞派、地域所囿，為清詞壇留存史料，詳加甄選，博采佳構，明言編選原則，對於未出詞集之詞人詞作具有收錄之功，為清初詞壇研究保留重要資料。

　　其二，輯補順康卷失收四首：清代詞壇鼎盛，詞家薈萃，各派詞友交遊唱酬，互動密切，順康卷匯整時所可利用之資源不虞匱乏，清初名家名作均在蒐羅之列，雖已參酌之，卻難免失收，筆者實際翻檢後得徐釚、陳永成、梁清標、吳充首之作，共計四首，以補遺珠之憾。

　　其三，與《瑤華集》、順康卷文字有別：《瑤華集》錄詞甚為謹

慎，經筆者實際翻檢並與《東白堂詞選初集》比對諸多文字歧異、缺漏，其中「因音近而誤」、「因形近而誤」之處不少，且亦可見今就本文逐一拈出，以就教於方家。

參考書目

一　傳統文獻（依時代先後排列）

（清）葉恭綽：《清代詞學之撮影》，《近代史料叢刊》本。

（清）蔣景祁編：《瑤華集》，《續修四庫全書》本。

（清）聶　先編：《百名家詞》，《續修四庫全書》本。

（清）田同之：《西圃詞說》，唐圭璋《詞話叢編》本。

（清）丁紹儀：《聽秋聲館詞話》，唐圭璋《詞話叢編》本。

（清）鄒祇謨：《遠志齋詞衷》，唐圭璋《詞話叢編》本。

（清）沈　雄：《古今詞話》，唐圭璋《詞話叢編》本。

（清）蔡嵩雲：《柯亭詞論》，唐圭璋《詞話叢編》本。

（清）王　昶：《國朝詞綜》，《續修四庫全書》本。

（清）朱彝尊、汪森編：《詞綜》，上海市：上海古籍出版社，2008年。

（清）王奕清纂：《欽定詞譜》，北京市：學苑出版社，2008年。

（清）曹寅等編：《全唐詩》，北京市：中華書局，2009年。

（清）萬　樹：《詞律》，上海市：上海古籍出版社，2013年。

二　近人論著（依作者姓氏筆畫排列）

王兆鵬：《詞學史料學》，北京市：中華書局，2004年。

江合友：《明清詞譜史》，上海市：上海古籍出版社，2008年。

余　意：《明代詞學之建構》，上海市：上海古籍出版社，2009年。

施蟄存編：《詞籍序跋萃編》，北京市：中國社會科學出版社，1994年。

夏承燾：《夏承燾集》，杭州市：浙江古籍出版社，1997年。

唐圭璋編：《全宋詞》，北京市：中華書局，1998年。

張仲謀：《明詞史》，北京市：人民文學出版社，2002年。

張宏生主編：《全清詞》〈順康卷〉，南京市：南京大學出版社，2002年。

張宏生主編：《全清詞》〈順康卷補編〉，南京市：南京大學出版社，2008年。

馮乾編校：《清詞序跋彙編》，南京市：鳳凰出版社，2013年。

蕭　鵬：《群體的選擇──唐宋人選詞與詞選通論》，臺北市：文津出版社，1992年。

嚴迪昌：《清詞史》，南京市：江蘇古籍出版社，2001年。

王偉勇、趙福勇合編：《清代論詞絕句初編》，臺北市：里仁書局，2010年。

第八章
結論

　　本書深受西方接受美學理論啟發，省思傳統文學史之撰寫方式，多半側重於作者及作品本身，忽略了讀者視野，文本流傳幾經複雜時空環境交互影響之下，由各類型讀者閱覽、詮釋、吸收再創作等接受方式，進而突顯其特質而深植人心，讀者並非被動地欣賞作品，不僅每部作品可能影響讀者，作品本身更依賴讀者之社會文化、主觀意識進行多元解讀。筆者在此思維下兼融中西方文學特質，分別撰寫單篇論文發表於各類學術期刊及研討會，以接受美學側重讀者視野貫串全書，所得如下：

　　其一，《左傳》廣採列國史料，辭義贍富，亦不乏好奇尚異，怪誕詭奇之事，多見吉凶未至而預見兆徵。張高評認為標舉《左傳》為詩歌致用之珠澤，自春秋以來，公卿大夫於各類場合，多以詩歌賦詩道志，用以應對酬答，表現出儒雅風流。而賦詩之實用功效，大致有四：裨情意之曲達、資典禮之祝頌、觀政俗之興衰、見詩史之類通等。並指出《左傳》賦詩曲情達意之功用在於合歡、見志、請願、諷諫、慰勉、笑罵等。至於典禮之功用亦有二：一為鬼神祭祀，一為公卿宴饗。《左傳》賦詩凡可資典禮者，皆為後者，前者付之闕如。藉由詩歌觀察政俗得失，《左傳》已開其端緒。本文書寫據以歸納，可見「天象星辰之變」、「自然萬物之災」、「人為事故之害」、「萬物變態之怪」諸類，均精彩展現敘事精要，幾於化工之妙；其次，再就其敘事手法、象徵意涵進行探討，《春秋》經言簡隱晦，災異之義難明。

《公羊》、《穀梁》則述災異書載之法，罕言災異由來及應變；《左傳》專載時人言論，詳述災異徵兆及聖人神道設教之對策，實有深切意蘊待發崛。故筆者認為先秦時期《左傳》或托意蒼天警戒，或彰顯道德，抒發個人感慨，寓有論斷褒貶，而非盲目因奇異怪誕而驚懼，藉此可契會當代人文精神之昂揚。或可藉此另行拓墾宋詞人對《左傳》相關人物事件或典故之接受情況，並可延伸至各類子部小說或史籍，豐富宋詞研究空間。

其二，陶淵明人格、詩篇真率自然，備受推崇，後人稱之為「隱逸詩人」、「平淡之宗」。綜觀其詩歌，語言樸實，旨趣濃厚，風格恬淡，意境清遠，尤其描繪物況，栩栩生動，篇章寄託懷抱，極為高妙。本文立足於魏晉時期著重對物之思考，文學作品細膩描寫物態，可遠溯至《詩經》及諸多典籍，至魏晉賦篇乃大行其道，觀照陶詩吸收後另陳懷抱，可知陶淵明多描繪動物意象，實乃描繪物況以喻己志，可藉此探查對傳統文獻中的物象所具有之觀點及翻新之處。

其三，中華民族占卜習俗起源甚早，帶有不少神秘色彩，宋詞內容與社會習尚關係至密，其間多見敘寫民俗文化者，歲時節令各有其活動及信仰，占卜乃各民族皆熱衷之俗，尤以元宵、七夕兩節令進行紫姑卜、蛛絲卜，最受兩宋詞人青睞，故本文細考察其範圍，因諸多習俗原本紀載於典籍中，經過時空環境變遷與社會文化多元影響下而有所轉變，藉兩宋詞人對民俗占卜文化之關注及其書寫方式，確實可一窺梗概。

其四，西方接受理論側重讀者視野，作品於歷史洪流中，不斷受到關注，透過評論、編選等方式，已可窺見一斑；但不斷模仿、借鑑，或以各類手法襲用，亦可視為接受面向之一。由宋迄清，和韻宋名家詞之數量極為可觀，其中亦不乏追和黃庭堅詞之作，卻始終未能全面析論，本文著重歷代追和黃庭堅詞之面向，先就歷代和作進行定

量分析，再就特殊形式、承繼題材、依從風格進行查考，探析黃庭堅
詞在歷代詞壇受創作者關注之情況，不僅是形式上追和，更多見題材
相近者，如詠茶、詠月之作，清人多承其意緒，鎔鑄後化為己作，遊
戲或逞技乃甚為顯明，均有意為之。而風格部分，因黃庭堅詞風向來
多有俗俚之譏，乃因好用生字、俚語，抒情過於顯白直露，而與婉約
正宗及豪放新變大不相同，清代和韻者亦直接以創作表達歷時久遠之
關注。

　　其五，以清代藏書家所撰題跋為主之接受考察，晚清國事蜩螗，
藏書、考據、校讎、輯佚等學術活動卻蔚為鼎盛，此中不乏以整編經
籍態度對待詞集，篤志爬羅剔抉者，如繆荃孫、朱孝臧、趙萬里等均
深受推崇，吳縣曹元忠亦是名家，整編諸多詞集，卻無研究者全面論
及。曹氏學養深厚，遍覽內閣圖書，與藏書名家往來密切，以往藏書
家對詞集之觀點往往受到忽視，因此藉由三大面向探析之：一、以曹
氏所撰詞集題跋掌握其校書態度，藏書家閱讀後常書寫題跋、剳記、
摹刻書影，記錄研究成果，細究可見關注紙墨、字體、避諱後比較異
同，並就此突顯細考版本源流、糾謬補遺之貢獻；二、就當代各家所
撰某一詞集題跋，如《樂府雅詞》，除曹元忠撰跋兩篇外，清代計有
朱彝尊、秦恩復、伍崇曜、趙萬里、四庫全書總目提要共八篇；或如
各家所撰秦觀及周邦彥詞集題跋，可判斷版本特質及優劣，及諸家校
勘特長；三、就題跋內容掌握當代名家交遊及切磋討論之情況。可知
曹元忠身為接受者，透過諸家交遊、往來熱絡，耐心考索遞藏、釐清
版本、糾舉謬誤，悉心補遺，再引經據典撰寫題跋，立論翔實，彰顯
清代藏書家之審慎態度。

　　其六，詞選編纂者亦是接受視野中的要角，清人編輯清詞選集，
自清初已蔚為風尚，佟世南於康熙十七年輯錄《東白堂詞選初集》十
五卷，選錄明末清初詞家三百七十四人，詞作一千六百八十九一千六

百八十九首，堪稱《倚聲初集》後，蔣景祁《瑤華集》付梓前之最大
型詞選。佟氏為滿族詞人身分，詞風纏綿婉約，其人其詞與所編詞選
罕見研究者予以著墨，故本文就《東白堂詞選初集》之甄選意識及編
排方式予以關注，並以今可見之北京圖書館藏清康熙十七年刻本，與
《全清詞》〈順康卷〉二十冊（含補輯四冊）所錄相對照，逐一比對
後補輯失收詞及區辨詞句異文，指出《全清詞》〈順康卷〉編選未全
及錯謬之處，藉此更可言而有據地彰顯佟世南《東白堂詞選初集》於
清詞壇的特殊意義及價值。

　　此書乃立足於求學期間深受諸多前輩啟迪，不僅重視詞學相關資
料蒐集，更旁涉其他領域，日後將專致心力，考究析論。期能立足於
諸位前賢之視見上，融入西方思潮與現代數位化人文研究方法，逐步
開展研究新視角，亦期對教學有些許裨益。

文學研究叢書・文學理論叢刊 0801006

接受美學視域下之創作實踐研究

作　　者　許淑惠
責任編輯　官欣安、張晏瑞
實習編輯　謝宜庭、陳宛妤
特約校稿　林秋芬

發 行 人　林慶彰
總 經 理　梁錦興
總 編 輯　張晏瑞
編 輯 所　萬卷樓圖書股份有限公司
　　　　　臺北市羅斯福路二段 41 號 6 樓之 3
　　　　　電話 (02)23216565
　　　　　傳真 (02)23218698

發　　行　萬卷樓圖書股份有限公司
　　　　　臺北市羅斯福路二段 41 號 6 樓之 3
　　　　　電話 (02)23216565
　　　　　傳真 (02)23218698
　　　　　電郵 SERVICE@WANJUAN.COM.TW
香港經銷　香港聯合書刊物流有限公司
　　　　　電話 (852)21502100
　　　　　傳真 (852)23560735

ISBN 978-986-478-674-9
2022 年 10 月初版
定價：新臺幣 300 元

如何購買本書：

1. 劃撥購書，請透過以下郵政劃撥帳號：
　　帳號：15624015
　　戶名：萬卷樓圖書股份有限公司
2. 轉帳購書，請透過以下帳戶
　　合作金庫銀行　古亭分行
　　戶名：萬卷樓圖書股份有限公司
　　帳號：0877717092596
3. 網路購書，請透過萬卷樓網站
　　網址 WWW.WANJUAN.COM.TW

大量購書，請直接聯繫我們，將有專人為您
服務。客服：(02)23216565 分機 610

國家圖書館出版品預行編目資料

接受美學視域下之創作實踐研究/許淑惠著.
-- 初版. -- 臺北市：萬卷樓圖書股份有限
公司, 2022.10
面 ； 公分. -- (文學研究叢書. 文學理
論叢刊 ;801006)
ISBN 978-986-478-674-9(平裝)
1.CST: 中國文學 2.CST: 文學美學 3.CST:
文學評論
820.7　　　　　　　　　　　　111005889